值得珍藏的世界微型小说丛书

U1008667

诺贝尔文学奖得主微型小说精品集

本书编写组◎编

世界图书出版公司
广州·北京·上海·西安

图书在版编目（CIP）数据

诺贝尔文学奖得主微型小说精品集／《诺贝尔文学奖得主微型小说精品集》编写组编著．—广州：广东世界图书出版公司，2010．2（2024.2 重印）

ISBN 978－7－5100－1515－1

Ⅰ．①诺…　Ⅱ．①诺…　Ⅲ．①小小说－作品集－世界　Ⅳ．①I14

中国版本图书馆 CIP 数据核字（2010）第 024745 号

书　　名	诺贝尔文学奖得主微型小说精品集 NUOBEIER WENXUEJIANG DEZHU WEIXING XIAOSHUO JINGPINJI
编　　者	《诺贝尔文学奖得主微型小说精品集》编写组
责任编辑	张梦婕
装帧设计	三棵树设计工作组
出版发行	世界图书出版有限公司　世界图书出版广东有限公司
地　　址	广州市海珠区新港西路大江冲 25 号
邮　　编	510300
电　　话	020-84452179
网　　址	http://www.gdst.com.cn
邮　　箱	wpc_gdst@163.com
经　　销	新华书店
印　　刷	唐山富达印务有限公司
开　　本	787mm×1092mm　1/16
印　　张	13
字　　数	160 千字
版　　次	2010 年 2 月第 1 版　2024 年 2 月第 12 次印刷
国际书号	ISBN　978-7-5100-1515-1
定　　价	59.80 元

前　言

可以说，小说的鼻祖是微型小说。

微型小说的基本特征是通过塑造人物形象而反映社会的真实面貌，但它篇幅短，文字少，情节简短而手法明快，而且灵活多变，反映社会生活敏锐而及时，信息量多而快；它将小说与社会，小说与现实的关系拉得很近，这种艺术便产生了一种新的、旺盛、持久的生命力，因而也最独立。微型小说的艺术手法很重要，不用高超的艺术手法想要写出脍炙人口的微型小说简直是不可能的，一篇好的微型小说要富有哲理性。它要求作家具有极其敏锐的观察和洞察能力，不放过任何一种能反映日常生活的精彩瞬间，以及能及时住捉捕自己头脑中稍纵即逝的灵感。

语言是微型小说的第一要素。但凡遣词造句、叙述的角度、字里行间的感情色彩，以及语调、行文的节奏、修辞的手法等，作家都应以自己的习惯去认真对待。这些反映着作家的个性、气质、文学修养、美学趣味，代表着作家的语言风格。

诺贝尔文学奖是由瑞典科学家诺贝尔创立的世界性的文学大奖，它代表着当今社会文学创作的最高峰。从诺贝尔文学奖获得者的作品来看，不论就其思想性，还是艺术性，都有着其不同凡响的魅力。作家作品因诺贝尔文学奖获得了世界声誉，有的产生了世界性的影响，而诺贝尔文学奖也因这些作家作品提升了其权威性。为此，本书从历代诺贝尔文学奖得主中精选了24位作家的60余篇作品，按照获奖时间的顺序呈献给读者，并为读者提供了每位作者的简历、照片、国籍、获奖时间以及获奖理由，以期能使广大读者对作者和其作品能有更深的了解。

由于编者的学识和水平有限，本书在编辑过程中难免有挂一漏万之处，敬请广大读者批评指正。

目　录

比昂松

比昂斯腾·马丁纽斯·比昂松（1832～1910），挪威作家、社会活动家。1832年12月8日生于挪威北部一个乡村牧师家庭，1910年4月26日卒于法国巴黎。1850年，比昂松赴克里斯蒂安尼亚（今奥斯陆）。1852年就读于皇家弗里德里克大学。1855年后在《每日晨报》和《晚报》任文学戏剧评论员和编辑。1857年接替易卜生任挪威第二大城市卑尔根国家剧院编导。1865～1867年主持克里斯蒂安尼亚剧院。1870～1872年创办剧院。1903年获诺贝尔文学奖。

比昂斯腾·马丁纽斯·比昂松

比昂松一生为争取民族独立、发展挪威文化、摆脱异国束缚和统治进行斗争。晚年支持芬兰反对沙俄侵略，积极参加反对战争、争取和平的运动。

比昂松在文学方面涉猎很广，作品有小说、诗歌和戏剧。主要文学成就是戏剧，共写了21部剧本。

比昂松的剧作触及时弊，揭露和批判了资本主义社会自私、虚伪、贪嫳等丑恶现象，不过其结局往往都是矛盾得到和解，具有改良主义色彩。

国籍：挪威

获奖时间：1903 年

获奖作品：《挑战的手套》

获奖理由：“他以诗人鲜活的灵感和难得的赤子之心，把作品写得雍容、华丽而又缤纷。”

父　亲

故事中要讲的这个人，是他所属的教区中最富有、也是最有影响的人，名叫索尔德·奥弗拉斯。一天，他来到牧师的书房，神情肃穆，趾高气扬。

“我生了个儿子，”他说，“我想带他来接受洗礼。”

“他取什么名字？”

“芬恩——仿照我父亲的名字。”

“教父母是谁？”

名字说了出来，是索尔德在这个教区的亲属中被认为是最合适的人。

“还有什么事吗？”牧师抬头问道，农夫迟疑了一会儿。

“我很想让他能单独接受洗礼。”

“这么说要在礼拜天以外的日子了。”

“就在下星期六，中午 12 点。”

“还有什么？”牧师问。

“没什么了。”农夫摆弄着他的帽子，仿佛就要离去。

这时牧师站了起来。“还有一件事，”他说着便向索尔德走去，拿起他的手，庄重地凝视着他的眼睛。“上帝断定这孩子会给你带来幸福的！”

16 年后的一天，索尔德又一次站在牧师的书房里。

“真的，索尔德，你保养得这么好真令人吃惊。”牧师说道，因为他看到索尔德几乎没有任何变化。

“这是因为我无忧无虑。”索尔德回答说。

牧师对此没说什么。过了一会儿，他问：“今晚有何贵干？”

“今晚是为我儿子来的，他明天要来行按手礼。”

“他是个聪明的孩子。”

“在没听到明天他在教堂里排列的次序之前，我不会把钱付给牧师的。”

"他将名列第一。"

"这么说我听到了，这是给你的十块钱。"

"还有什么事要我做吗？"牧师问道，他两眼注视着索尔德。

"没了。"

索尔德向外走去。

又过了8年。一天，牧师的书房外传来了一阵喧闹声，因为来了不少人。索尔德走在人群的前面，第一个进入书房。

牧师抬起头，认出了索尔德。

"今晚随你来的人很多，索尔德。"他说。

"我来这儿是请求为我儿子公布结婚预告的。他马上要迎娶古德蒙特的女儿卡伦·斯托莉迪，她就站在我儿子的身旁。"

"呵，她可是教区里最富有的姑娘。"

"大家也都这么说。"农夫回答说，一只手把头发向后掠了掠。

牧师坐了片刻，似乎在沉思，随后把名字写在簿子上，没再吭声了。他们在名字的下面签了字。索尔德把三块钱放在桌上。

"一块钱就够了。"牧师说。

"我完全清楚，不过他是我的独子，我想把事情办得体面些。"

牧师拿起钱。

"索尔德，这是你第三次为你儿子来这儿了。"

"如今我总算了结了心事。"索尔德说，他扣上钱包便道别了。

人们缓缓地跟在他的后面。

两星期后的一天，风平浪静，父子划船过湖，为筹办婚礼前往斯托利登。

"座板放得不牢，"儿子说着便站了起来，想把他坐的那块座板放直。

就在这时，他从船舷上一滑，双手一伸，发出一声尖叫，落入了湖中。

"抓住桨！"父亲嚷着，旋即站起来递出船桨。

可是儿子经过一番挣扎后，不再动弹了。

"等一等！"父亲叫道，开始把船向儿子那儿划去。

儿子这时仰浮了上来，久久地向他父亲看了最后一眼，沉了下去。

索尔德简直不相信会有这种事，他把船稳住，死死盯住他儿子的没顶之处，好像他一定还会露出水面。湖面上泛起了一些泡沫，接着又是一些，最后一个大气泡破裂了，湖面上水平如镜。

人们看见这位父亲绕着这块地方划了三天三夜，不吃不喝，目不交睫。

他一直在湖中荡来荡去，寻找他儿子的尸体。直到第四天早晨，他找到了。他双手捧着儿子的尸体，越过丘陵向家园走去。

大约一年后，一个秋天的黄昏，牧师听到门外的走廊上有人在小心翼翼摸索着门闩的声音。他打开大门，一个身材高大、瘦骨嶙峋的男人走了进来。他弯腰曲背，满头银丝。牧师看了很久才把他认了出来，是索尔德。

“这么晚还出来？”牧师木然不动地立在他的面前问道。

“呵，是的！是晚了。”索尔德边说边坐了下来。

牧师也坐下了。似乎在等待着。接着，一阵长时间的沉默。索尔德终于说道：

“我带了些钱想送给穷人，我想把它作为我儿子的遗赠献出去。”

他站起来把钱放在桌上，又坐了下去。

牧师数了数。

“这笔钱数目很大。”他说道。

“是我庄园一半的价钱。我今天早上把庄园卖了。”

牧师坐在那儿，沉吟了许久。最后，他轻声问道：

“索尔德，你现在打算做什么呢？”

“做些好事。”

他们坐了一会儿，索尔德双目低垂，牧师目不转睛在盯着他。没多久，牧师说道，声音温存而缓慢：

“我想你的儿子最终给你带来了真正的幸福。”

“是的，我自己也这么想。”索尔德说着抬起了头，两大滴泪水慢慢地沿着脸颊流了下来。

显克维奇

亨利克·显克维奇

亨利克·显克维奇（1846～1916），波兰作家。中学毕业后，他按照母亲的意愿，考入华沙高等学校的医学院。

在大学期间，显克维奇就开始了文学活动。1872年，他以李特沃斯的笔名在《波兰报》等报刊上发表讽刺小品和政论，同时出发了描写大学生生活的中篇小说《徒劳无益》。

1876～1882年间，显克维奇发表了《炭笔素描》等一系列脍炙人口的中短篇小说，反映了被压迫民族和人民的苦难命运，并寄予深切的同情。这些作品具有很高的思想性和艺术性，堪称波兰现实主义小说的杰作。

1883年，显克维奇开始转向历史小说的创作。他连续发表了描写波兰17世纪历史事件的三部曲：《火与剑》、《洪流》、《伏沃窦约夫斯基先生》。三部曲在读者中引起了巨大的反映。

继三部曲之后，显克维奇又发表了著名的历史小说《你往何处去》（1896）和《十字军骑士》（1900）。1905年，显克维奇获得诺贝尔文学奖。

第一次世界大战开始后，显克维奇移居瑞士，组织“波兰战争牺牲者救济委员会”，并担任该会的主席。1916 年 11 月 15 日病逝于瑞士。1924 年 10 月，他的灵柩被波兰政府运回华沙举行国葬。

国籍：波兰

获奖时间：1905 年

获奖作品：《第三个女人》

获奖理由：“由于他在历史小说写作上的卓越成就。”

祝福你

有一回，在光明的夏夜，聪明而伟大的克利须那进入了冥想，又说道：

“我以前想，人是地上最美的所造物；但是我错了。现在我看见那莲花，被晚风所摇荡，它比一切的生物要美多少呵！它的花瓣正向暮月的银光开放，——我不能将我的眼睛离开它。”

“是呵，在人类中间没有这样的东西！”他叹息着重复说。

但是过了一会儿他又想：

“我——一个神，为什么不用了我的能力创造一个生物，使他在人中正如莲花在花中一样呢？这样使他为人与地的喜悦吧！莲花，你变形为一个活的处女，立在我的前面！”

水波微微地颤抖，正如被燕子的翼所触着；夜色越加明亮；月在天上照得更为强烈；夜画眉叫得更响，但又忽然地沉静了。于是那个法术完成了：在克利须那的前面立着一个人形的莲花。

神自己也惊异了。他说：

“你本是湖中的一枝花，以后你便成为我的思想的花，你说来！”

那处女低声说起话来，正如薤花的白的花瓣受着夏天微风的接吻的时候，切切私语一般。

“主呵，你将我变成生物；但是你吩咐我在哪里居住呢？主呵，你要记得，我还是一枝花的时候。每遇见风的呼吸，我便颤抖，收敛我的花瓣。主呵，我怕淋雨和大风，我怕雷和电，我还怕太阳的灼人的光。你吩咐我为莲花的化身，所以我还保存着原来的性质，现在我怕那地及地上一切的东西。”

克利须那举起他聪明的眼向着空中的星，暂时默想，随即问道：

“你愿意在山顶上生活么？”

“那里有雪和寒冷，主呵，我怕呢。”

“那么……我将在湖底为你建一所水晶的宫殿。”

“在水的深处有大蛇和别的怪物游行，我怕呢，主呵！”

“你喜欢无边的旷野么？”

“呵，主呵！旋风和电雷践蹈过旷野，有如野兽的群。”

“那怎么办呢，化身的花？哈！在遏罗拉的洞窟里，住着神圣的隐士们。你愿意远离世界，住在那里的洞窟里么？”

“那里是黑暗，主呵，我怕呢。”

克利须那坐在石上，用一只手支着他的头。在他的前面立着那处女，颤抖而且害怕。

这时候朝阳的光已经渐渐地照到东方的天空。湖水、棕榈和竹子，都似乎镀了金色。在水上有蔷薇色的鹭鸶。蓝的鹤，白的天鹅，在树林里有孔雀和孟加拉雀，都合唱似地发出鸣声；此外又伴着绷在珍珠贝壳上的弦索的音和人的唱歌声。克利须那从默想中觉醒过来。说道：

“这是诗人伐尔密基在那里礼拜太阳的初升了。”

过了一刻，遮住那些葛蕾的紫花的帐幔已被推开。伐尔密基在湖边出现了。

诗人见到化身的莲花的时候，他止住了奏乐。珍珠贝壳慢慢地从他手里滑下，落在地上；他的两臂挺直地垂在两旁；他无言地立着，仿佛那伟大的克利须那已将他变成一棵水边的树了。

神见诗人对于他的创作的这种惊叹，他很喜悦。说道：

“伐尔密基，你觉醒，且说来！”

于是伐尔密基说道：

“……我爱！……”

这是他所记得的唯一一句话，也是他所能说的唯一的话了。

克利须那的脸色忽然发出光来。

“可惊异的少女，我现在替你在世界上寻得一个适宜的住所：你住在诗人的心里吧！”伐尔密基又复述道：“……我爱……”全能的克利须那的意志，神性的意志，渐使这少女向着诗人的心。神又使伐尔密基的心透明，如水晶一般。

清明如夏日，平静如恒河的波，少女走向为她预定的圣殿。但是她向着伐尔密基的心里更深深地看的时候，她的颜色忽然变了苍白，恐怖包围了她，有如冬天的冷风。克利须那惊诧了，他问道：

“化身的花，便是诗人的心，你还怕么？”

“主呵！”少女答说，“你吩咐我在哪里居住呢？在这个心里我看见带雪的山顶；水底的深渊，充满着怪异的生物；大野以及旋风和电雷；遏罗拉的黑暗的洞窟；所以我又怕呢。主呵！”

但是和善而且聪明的克利须那答道：

“化身的花，你安心吧。倘若在伐尔密基的心里有孤独的雪，你便为春天温暖的呼吸，将把它们融化；在那里有水底的深渊，你便为这深渊里的珍珠；在那里是大野里的沙漠，你便去播种幸福的花；在那里是遏罗拉的黑暗的洞窟，你便为黑暗里的光……”

这时候伐尔密基才恢复了他说话的力量，接下去说：

“而且愿你有福了！”

吉卜林

约瑟夫·鲁德亚德·吉卜林

约瑟夫·鲁德亚德·吉卜林（1865～1936），生于印度孟买，英国作家及诗人。主要著作有儿童故事《丛林之书》、印度侦探小说《基姆》、诗集《营房谣》、短诗《如果》以及许多脍炙人口的短篇小说。他是英国19～20世纪中一位很受欢迎的散文作家，被誉为“短篇小说艺术创新之人”。

吉卜林的作品在20世纪初的世界文坛产生了很大的影响，他本人也在1907年获得了诺贝尔文学奖。他是第一个英国诺贝尔文学奖获得者，也是至今诺贝尔文学奖最年轻的获得者。此外，他也曾被授予英国爵士爵位和英国桂冠诗人的头衔，但都被他放弃了。

由于吉卜林所生活的年代正值欧洲殖民国家向其他国家疯狂地扩张，他的部分作品也被有些人指责为带有明显的帝国主义和种族主义色彩，长期以来人们对他的评价各持一端，极为矛盾，他笔下的文学形象往往既是忠心爱国和信守传统，又是野蛮和侵略的代表。然而近年来，随着殖民时代的远去，吉卜林也以其作品高超的文学性和复杂性，越来越受到人们的尊敬。

国籍：英国

获奖时间：1907 年

获奖作品：《老虎！老虎！》

获奖理由：“这位世界名作家的作品以观察入微、想象独特、气概雄浑、叙述卓越见长。”

鲸的喉咙是怎么长成的

哦，我的宝贝儿。从前海里有一条鲸，他吃各种各样的鱼。他吃海星、颌针鱼、螃蟹、比目鱼、鲽鱼、鲦鱼、鳐鱼和他的配偶，还吃鲭鱼、小狗鱼和真正滴溜儿转的鳝鱼。因此，凡是他在所有的海里能找到的所有的鱼，他全用嘴吃了！直到最后所有的海里只剩下了一条小鱼，他是一条机灵的小鱼，为了使鲸伤不着他，他在鲸的右耳稍后一点儿游动。于是鲸踮着尾巴向上升起，说：“我饿了。”机灵的小鱼狡黠地小声说：

“高贵宽宏的鲸，你品尝过人吗？”

“没有，”鲸说，“那是什么滋味呢？”

“很好，”机灵的小鱼说，“味道好，可是人身上节儿多。”

“那么你给我找几个来，”鲸说，他摆动尾巴使大海泛起泡沫。

“一次吃一个就够了，”机灵的小鱼说。“如果你游到位于北纬50度、西经40度的地方（那是不可思议的），你会发现一位因船只失事的水手坐在大海中央的一条木筏上，他除了身穿一条蓝色帆布裤、挂着一副吊带（你千万别忘了这副吊带，宝贝儿）和一把大折刀以外，什么也没有，告诉你，说他是个智慧无穷的男人很公正的。”

于是鲸游呀游呀，尽快地游到北纬50度、西经40度的地方，他发现在大海中央的一条木筏上，一个孤单的、船只失事的水手正在用脚趾玩水。（他妈曾准许他用脚趾玩水，要不，他是决不会这样做的，因为他是个智慧无穷的男人。）他除了身穿一条蓝色帆布裤，挂着一副吊带（你必须特别记住这副吊带，宝贝儿）和一把大折刀以外，什么也没有。

接着鲸仰身向后张大嘴巴，他向后张了又张，直到他的嘴巴几乎碰到了尾巴，才吞下了那位船只失事的水手以及他乘坐的木筏、他的蓝色帆布裤、一副吊带（你千万不能忘掉它）和那把大折刀——鲸把他们全部吞进他肚里那温暖黑暗的食柜，然后咂咂嘴唇——喏，他还摆着尾巴转了三次身。

可是那位水手是个智慧无穷的男人，一旦发现自己当真进了鲸肚里温暖黑暗的食柜，他就碰踢、跳跃、捶击、冲撞、欢腾、舞蹈、猛敲，发出铿锵声，他打、咬、跳、爬、徘徊、号叫、单脚跳、摔下来、哭泣、叹息、蠕动、大喊、跨步、蹦跳，他在不该跳的地方跳号笛舞，鲸确实感到难受极了。(你忘记那副吊带了吗?)

于是鲸对机灵的小鱼说，“这个男人节儿多，而且他还在搞得我直打嗝儿。我怎么办?”

“叫他出来，”机灵的小鱼说。

鲸就须着自己的喉咙对那位船只失事的水手说，“出来，规矩点儿!我打嗝儿了。”

“不!”水手说。“这样不行，你要想办法带我到我出生的海滨，到艾尔比昂的白色峭壁去，然后我才放弃这事儿。”他开始比以前更起劲地跳舞。

“你最好把他带回家去，”机灵的小鱼对鲸说。“我该警告过你他是个智慧无穷的男人吧。”

于是鲸用鳍状肢和尾巴游呀游呀游呀，他尽管打嗝儿还是尽力游，他终于看见了水手出生的海滨和艾里比昂的白色峭壁。他冲到海滩的半道上，把嘴巴张开、张大、再张大，说道：“在这儿换道去温切斯特，艾西洛特，纳休阿，基恩和菲奇伯格路上的停泊地。”正当鲸说出“菲奇”时，水手走出了鲸的嘴巴。但水手确实是个智慧无穷的人，当鲸一直在游泳的时候，水手已拿着他的大折刀把木筏砍成了一个四四方方、布满十字图形的小格栅，用他的吊带（眼下你该明白了为什么你不能忘记这副吊带?）把它捆紧，还把这个完美坚固的格栅拖进鲸的喉咙里，钉在那儿。然后他吟诵了下面两行叙事诗，因为你还没有听过这两行诗，我眼下就说出来——

用一个格栅，
我阻止了你吃人。

对水手来说他还是个爱尔兰人。他跨步出来走在铺满圆卵石的海滩上，回家去见曾准许他用脚趾玩水的妈妈；此后他结了婚，过着幸福生活。鲸也是这样。不过从那天起，他喉咙里的那个格栅，他既咳不出来，也吞不下去，搞得他除了很小很小的鱼。什么也没法吃；这就是眼现在鲸从不吃人、男孩或者小女孩的原因。

那条机灵的小鱼游走了，躲在赤道门槛下的泥土里。他害怕鲸也许会对他冒火。

水手把大折刀带回家里。当他走在铺满圆卵石的海滩上时，他穿着蓝色帆布裤。你知道，那副吊带已被留在鲸肚子里，用来捆住那个格栅了。这个故事就此结束了。

小托布拉

正像英文报纸上写的那样，“犯人的脑袋还够不着被告席的顶端”。但是，没有人报道这件案子，因为谁也不在乎小托布拉是死是活。在法院的红房子里，陪审员们坐在小托布拉上头，坐了整整一个漫长而炎热的下午。不论什么时候陪审员向他提问题，他总是行个额手礼，再低声回答。陪审员们的裁决是证据不足，而法官也同意这个裁决。千真万确，小托布拉的妹妹的尸体是在井底发现的，而小托布拉是当时方圆半英里范围内唯一的人。而那个小女孩也许是偶然掉进井里的。于是，小托布拉就被释放了，人们告诉他说，他愿意到哪里就到哪里去。这话对他来说并不像听上去那样慷慨。因为他无处可去，尤其是没有东西可吃，没有衣服可穿。

他快步走进法院的院子里，一屁股坐在井栏上，寻思着如果跳进井下的黑水里淹不死，会不会导致在苦海的黑水里挣扎一辈子。有个马夫把一只吃空了的马粮口袋放在砖堆上，小托布拉因为饿极了，就动手把袋子刮了一遍，寻找马儿漏下的湿麦粒。

马夫喊道：“喂！小偷！你这个刚被释放出来的小偷！过来！”小托布拉于是被揪着耳朵带到一个高大肥胖的英国人面前，马夫对英国人讲了一遍小托布拉偷吃马粮口袋的事。

“哈！哈！哈！”英国人叫了三遍（不过他用的是个更厉害的字眼）。“把他放进网里，带回家去。”于是，小托布拉被扔进大车上的网里，毫无疑问他像只猪一样被紧紧套住，然后被拉到英国人家里。“哈！”英国人跟原先一样大嗓门叫着。“湿麦粒！老天爷！你们哪一个，喂喂这个小要饭的。我们叫他赶马车！明白吗？湿麦粒！老天爷！”

吃过晚饭，仆人们在主人正房后面的仆人住处躺下来歇息。这时，马夫头对小托布拉说：“讲讲你自己是怎么回事吧！你不是马夫贱民出身。你要不是想填满肚子，是不会当马夫的。你怎么进法院的？为什么来的？快回答，你这个小鬼崽子！”

“家里不够吃的，”小托布拉轻声回答。“这里是个好地方。”

“说老实话，”马夫头插了一句，“要不，我们就让你去清扫那匹大红公马的马厩。那匹马咬起人来可像匹骆驼。”

“我们家本来是榨油的，”小托布拉一边说，一边在尘土里蹭脚趾头。“我们家原来是榨油的——我爸爸，我妈妈，我哥哥——比我大四岁的哥哥，我自己，还有我妹妹。”

“她就是那个死在井里的小女孩，对吗？”一个曾听到审讯情况的马夫问道。

“是的，”小托布拉阴沉地回答。“她就是死在井里的小女孩。很早以前，我记不得什么时候了，一场大病传到我们榨油的那个村子。我妹妹先是害眼病，接着瞎了眼，因为那是天花。后来，我爸爸和妈妈都染上天花病死了。我们几个孩子就成了孤儿，我哥哥12岁，我才8岁，还有那个瞎眼的妹妹。但是，当时牛和榨油机还在，我们就凑合着跟从前一样榨油谋生。可是索荣·达斯，那个粮食贩子，同我们做买卖，把我们坑了。那头牛是条不好赶的犟牛。我们求神保佑，就在牛脖子上放上金盏草花，在穿过屋顶架起来的轧碾机大梁上也放上金盏草花。但是我们这样做，什么好处也没得到。索荣·达斯真是个狠毒的人。”

“骗子，”马夫们的妻子都在窃窃私语。“那么样糊弄一个孩子！姐妹们，我们可知道那些买卖人是些什么东西。”

“榨油机是台旧机器，而我们——我哥哥和我，也不是什么有力气的人。我们无法把大梁的端部牢牢地固定在槽里。”

“是呀，确实是这样，”穿着华丽衣裳的马夫头目的妻子加入了谈话的人群，插了一句。“那是个有力气的人才能干的活。我在娘家做姑娘的时候……”

“女人家，住嘴！”马夫头喝道。“讲下去，孩子！”

“没什么，”小托布拉说。“有一天，大梁压塌了屋顶，什么时候我记不住了。随着屋顶坍塌，大部分墙也倒了下来。屋顶和墙砸在我们的牛身上，牛脊梁砸断了。结果，我们没了家，也没了榨油机和牛——只剩下我哥哥、我自己和瞎眼的妹妹。我们哭着离开那个地方，手拉着手，穿过了田野。我们剩下的钱只有7安那6派。那块地方正在闹灾荒。我不知道那块地方叫什么名字。结果，在一个夜晚，当我们睡着了的时候，我哥哥拿了我们仅剩的5安那钱，逃跑了。我不知道他去了什么地方。我爸爸的在天之灵会诅咒他的。我和妹妹在村里要饭。但是，没人肯赏点剩饭。人们都说：‘到英国人那里去，他们会给的。’我不知道英国人什么样子。但是人们都说英国人是白人，住在帐篷里。我去了，但我现在说不清去了什么地方。我和妹妹一点吃的也没有了。在一个炎热的夜晚，她哭着要吃的。我们来到一个井边，我叫她坐在井栏上，就猛地把她推进井里。说真的，她什么也看不见，死了比活着挨饿强。”

“呜！呜！”马夫们的妻子一块哭了起来。“是他把女孩子推进井里的，因为死了比活着挨饿强。”

“我当时自己也要跳井的，但是她当时没死，从井底喊我。我一害怕，就跑了。有个人从庄稼地里跑出来说，我把她给害死了，还把水井给弄脏了。人们把我带到一个英国人面前，他是白人，样子可怕，住在帐篷里。他把我送进法院。但是没有证人。而且，死了比活着挨饿强。再说，我妹妹有眼看不见。而且她只是个小孩子。”

“只是个小孩子，”马夫头目的妻子随着说。“可你是个什么东西？弱得像只小鸡，小得像匹刚活了一天的马驹，你到底是个什么东西？”

“我原来肚子里空空的，可现在肚子填饱了。”小托布拉一边说，一边躺在土地上伸伸四肢。“我想睡觉了。”

当小托布拉舒舒服服睡着了的时候，马夫头目的妻子在他身上盖了一块布。

泰戈尔

罗宾德拉纳特·泰戈尔（1861～1941），印度诗人、哲学家和印度民族主义者，1913年他获得诺贝尔文学奖，是第一位获得诺贝尔文学奖的亚洲人。他的诗在印度享有史诗的地位。他本人被许多印度教徒看作是一个圣人。

泰戈尔出生于印度加尔各答一个受到良好教育的家庭，8岁开始写诗，12岁开始写剧本，15岁发表了第一首长诗《野花》，17岁发表了叙事诗《诗人的故事》。1878年赴英国留学，1880年回国专门从事文学活动。1886年，他发表《新月集》，成为印度大中小学必选的文学教材。

除诗外泰戈尔还写了小说、小品文、游记、话剧和2000多首歌曲。他的诗歌主要是用孟加拉语写成，在孟加拉语地区，他的诗歌非常普及。

他的散文的内容主要是社会、政治和教育，他的诗歌，除了其中的宗教内容外，最主要的是描写自然和生命。在泰戈尔的诗歌中，生命本身和它的多样性就是欢乐的原因。同时，他所表达的爱（包括爱国）也是他的诗歌的内容之一。

泰戈尔做过多次旅行，这使他了解到许多不同的文化以及它们之间的区别。他对东方和西方文化的描写至今为止是这类描述中最细腻的之一。

1941年，泰戈尔留下控诉英国殖民统治和相信祖国必将获得独立解放的著名遗言《文明的危机》，随即与世长逝，享年 80 岁。

国籍：印度

获奖时间：1913 年

获奖作品：《吉檀迦利》

获奖理由：“由于他那至为敏锐、清新与优美的诗；这诗出之于高超的技巧，并由于他自己用英文表达出来，使他那充满诗意的思想业已成为西方文学的一部分。”

解　脱

戈丽年轻貌美，出身于世代富豪之家，自幼娇生惯养。她的丈夫巴勒斯以前境况不好，但近来收入增多，稍有好转。当他还穷困潦倒的时候，他的岳父怕自己的女儿受苦，一直没让她去夫家。过了好几年之后，戈丽才进了夫家。

大概是由于这些原因吧，巴勒斯总觉得俊美的妻子和自己同床异梦。这种猜疑使得他的脾气变得古里古怪。

巴勒斯在西部一座小城里当律师。家中没有一个本族人，因此对妻子独自一人呆在家里总放心不下，有时会冷不丁地从法院赶回家来看看。起初戈丽对丈夫这种莫名其妙的举动捉摸不透，至于她后来是否明白其中奥妙，那只有她自己知道了。

巴勒斯还开始随意解雇家中的男仆。他不能容忍一个男仆在他家受雇的日子稍长一些。尤其是戈丽想减轻繁重的家务劳动坚持要雇的男仆人更是非马上解雇不行。纯洁无邪的戈丽由此受到的刺激越大，她的丈夫越不快，越做出一些没有准头的稀奇古怪的举动。

最后，当他实在无法控制自己，把女仆叫到一边偷偷盘问她关于妻子的举止品行时，戈丽才若有所悟，知道一些前因后果。这个骄傲矜持的女人受了侮辱，像一头受伤的母狮烦躁不安地舐着自己的伤口。这种强烈的猜疑在夫妻之间产生了一条鸿沟，把两人完全隔开了。

巴勒斯终于公开向戈丽表示自己的疑心。这之后，他变得更加厚颜无耻、肆无忌惮，动辄醋劲大发，天天向妻子无端争吵。而当戈丽在痛苦之余，用无言的蔑视和箭一般锐利的眼光把他刺伤时，他暴跳如雷，更加深了自己的猜疑。

从此，这个失去和谐的夫妻生活和无子无女的年轻少妇开始诚心诚意地拜神念经。她请来毗湿奴神会的青年祭师巴勒马南达·斯瓦米，拜他为师，听他讲解《薄伽梵往世书》。她把内心的全部苦楚和爱情变成虔敬的心情供给师尊。

没有一个人怀疑过巴勒马南达的崇高纯洁的品行。所有人都崇拜他。但是，巴勒斯由于无法明说自己的怀疑，变得极为暴躁不安。他的怀疑就像一个无形的毒疮慢慢地侵蚀着他的心灵。

一日，为了一件微不足道的小事，这颗毒疮的脓终于喷涌而出。他当着妻子的面詈骂巴勒马南达是“下流胚”、“伪君子”，甚至冲口而出责问妻子：“你向神明起誓老实说，你心中爱不爱那个大骗子？”

戈丽像一条被人踩住的蛇，霎时间忘乎所以，索性以假当真，气呼呼地含泪道：“是的，我爱他！你愿意怎么办就怎么办！”

巴勒斯立即把她反锁在屋里，离开家去法院。

戈丽忍无可忍，愤怒地砸开锁，奔出了家门。

巴勒马南达正在自己安静的小屋里诵经，除他之外没有第二个人。骤然，戈丽闯了进来，像一声晴天霹雳打断了他的静思。

“你要干吗？”

他的信徒说道：“师尊，你带我走吧。把我从这个轻侮人的尘世中解救出来。我愿终生侍奉你。”

巴勒马南达痛责戈丽一顿，令她速速回家。然而这位师尊被突然打断的思路怎能重新归绪？

巴勒斯回家一见屋门大开，忙问妻子，“谁来过了？”

妻子答：“谁也没来，是我到师尊那里去了一趟。”

巴勒斯唰地变得脸色惨白，俄顷，又血往头涌，狂怒地问：“去干吗？”

戈丽回答说：“我愿意。”

从那天起，巴勒斯雇人看管大门，不许妻子外出。这件事闹得全城妇孺皆知，他更成为众矢之的。

巴勒马南达自从得悉这一令人发指的暴行之后，再也没有心思敬神。他考虑起离开这个城市的问题，然而他不忍心弃戈丽于不顾而自己一走了事。

这位出家人此后几天的行动除了天神之外，无人知晓。

被软禁在家的戈丽突然收到一封信。信中写道：

徒儿，我已考虑成熟，从前许多贞节美貌的女子出于对黑天神的爱，抛弃了家庭和一切。若是人世间的强暴使你的心受到伤害，请你务必告诉于我。天神将会助我解救他的仆人，为此我将不惜把自己供奉在天神面前。你若愿意，请在本月廿十八日（星期三）中午两点于你家附近水池边候我。

戈丽将信塞进了自己的发髻。到了该日，为了洗澡方便，她打开发髻。一摸，信不见了！蓦地想到：信也许在她睡觉时掉到了床上，也许丈夫此时正在读着信，气得七窍生烟。想到此，戈丽心中很痛快；同时，她又不愿意她的“头饰”——信落到一个小人手中受辱。

她快步走到丈夫房里，一看，丈夫正躺在地上全身痉挛，口吐白沫，眼往上翻。

戈丽眼明手快地从丈夫手中取回信，叫来了医生。

医生诊断说：“是癫痫病。”

此时病人已经咽气了。

这一天巴勒马南达本要出庭去为一桩重要案件辩护的。而这位出家人却堕落到如此地步，一听到巴勒斯的死讯就迫不及待地要去和戈丽会面。

刚成为寡妇的戈丽从窗口朝外一望，只见她的师尊像小偷一般躲在后门的水池边。陡然她恍然如被雷电击中，垂下了头。在她的心中，师尊的形象一下降低了。刹那间她的眼前闪现出他的可憎面目。

在下面，师尊喊道：“戈丽！”

戈丽应声道：“就来，师尊！”

当巴勒斯的朋友获悉他的死讯前来吊丧时，发现戈丽躺在丈夫身边也死了。

她是服毒自尽的。这出乎意料的夫妻双双身亡的事件，蒙上了现代节妇殉夫的庄重色彩，使得在场的所有人全都惊讶不已。

乐园里的不速之客

这人从不追求单纯的实用。

有用的活儿他不干，却整日想入非非。他捏了几件小玩艺儿——有男人、女人、动物，那都是些上面点缀着花纹的泥制品。他也画画，就这样把时光全耗在这些不必要的、没用的事儿上；人们嘲笑他，有时他也发誓要抛弃那些奇想，可这些奇想已根深蒂固了。

就像一些小男孩很少用功却能顺利通过考试一样，这人毕生致力于无用之事，而死后天国的大门却向他大大敞开着。

正当天国里的判官挥毫之际，掌管人们的天国信使却阴错阳差地把那人发配进了劳动者的乐园。

在这个乐园里，应有尽有，但独无闲暇。

这儿的男人说："天啊，我们没有片刻暇余。"女人们也在唏嘘："加把劲呀，时光不饶人！"他们见人必言："时间珍贵无比"，"我们有干不完的活儿，我们没有放走一分一秒！"如此这般，他们才感到骄傲和欢悦。

可这个新来乍到者，在人世间没做一丁点儿有用事儿就度完了一生的人，却适应不了这个劳动乐园的生活规律。他漫不经心地徘徊在大街小道，不时撞在那些忙碌的人们身上；即使躺在绿茸茸的草坪上，或湍急的小溪旁，也总让人感到碍手碍脚，当然免不了要受那些勤勉人的指责！

有个少女每天都要匆匆忙忙地去一个"无声"急流旁提水（在乐园里连急流也不会浪费它放声歌唱的精力）。

她轻移碎步，好似娴熟的手指在吉他琴弦上自如地翻飞着；她的乌发也未曾梳理，那缕缕青丝总是好奇地从她前额上飘垂下来，瞅着她那双黑幽幽的大眼睛。

那游手好闲之人站在小溪旁，目睹此情此景，心中陡然升起无限怜悯和同情，好似在看一个乞丐一般。

“嘿！”少女关切地喊道：“您无活可干，是吗？”

这人叹道：“干活？！我从不干活！”

少女糊涂了，又说：“如果您愿意的话，我分点活给您。”

“‘无声’小溪的少女呀，我一直在等着从您那儿分点活儿。”

“那您喜欢什么样的活儿呢？”

“就把您的水罐给我一个吧，那个空的。”

“水罐？您想从小溪里提水吗？”

“不，我在水罐上画些画。”

少女愕然：“画画，哼！我才没时间和你这号人磨嘴皮子呢！我走了！”她就离开了。

可是一个忙忙碌碌的人又怎能对付得了一个无所事事的人呢？他们每天都见面，每天他都对她说：“‘无声’小溪的少女呀，给我一个水罐吧，我要在上面画画。”

最后，少女终于让步了。她给了他一个水罐，他便画了起来。画了一条又一条的线，涂了一层又一层的颜色。画完后，少女举起水罐，细细地瞅着，她的眼光渐渐迷惘了，皱着眉头问：“这些线条和色彩是什么呀，要表达什么呢？”

这人大笑起来：“什么也不是。一幅画本来就可以不意味什么，也不表达什么。”

少女提起水罐走了。回到家里，她把水罐拿在灯下，用研审的目光，从各个角度翻来覆去地品味那些图案。深夜，她又起床点燃了灯，再静静地细看那水罐；她终于平生第一次发现了什么也不是、也不表达什么的东西。

第二天，她又去小溪提水，但已远非以前那样匆忙了。一种新的感觉从她心底萌发出来——一种什么也不是、也不为什么的感觉。

看见画家也站在小溪旁，她颇感慌乱：“您要我干什么？”“只想给您干更多的事儿。”“那您喜欢干啥呢？”“给您的乌发扎条彩带。”“为什么？”“不为什么！”

发带扎好，鲜艳而耀人。劳动乐园里忙碌的少女现在也开始每天花很多时间用彩带来扎头发了。时光在流逝，许多工作不了了之。

乐园里的工作开始荒芜，以前勤快的人现在也开始偷闲了。他们把宝贵的时光耗在了诸如画画、雕塑之类的事上。长老们大为愕然，召开了一次会议，大家一致认为，这种事态在乐园中是史无前例的。

天国信使也匆匆而至，向长老们鞠着躬，道着歉：“我错带一人进了乐园，这都怪他。”

那人被叫来了。他一进来，长老们即刻就注意到了他的奇装异服，及其精致的画笔、画板，也立刻就明白了这不是乐园中所需要的那种人。

酋长正言道：“这里不是你呆的地方，赶快离开！”

这人宽慰地舒了口气，拾掇好他的画笔及画板。就在他即将离去之际，那少女飞奔而来。“等等我，我和您一块儿走！”

长老们呆住了，在劳动乐园里，以前可是从未有过这等事呀——一件什么也不是、也不为什么的事。

一个古老的小故事

又要我讲故事？不，我再也讲不了啦。我实在是疲惫不堪，才思枯竭。请允许我休息片刻吧？

很难说，到底是谁使我处于这种尴尬境地的。我真不明白，你们为什么总是这样三五成群地围着我，激励和期待我。可能是出于你们的天性，也可能是你们对我突然产生了偏爱，而且还想方设法地保持这种青睐。

可是，人们无声地、含混不清地交给我的工作，我是难以胜任的。至于能力问题，我既不妄自菲薄，也不恃才自傲。这是因为上苍把我塑造成不通人性的生灵。没有赋予我适应人们赞扬和夸奖的气质。上苍的信条是：如果你想洁身自好，那就生活在杳无人烟的地方吧！我的心灵，也总是渴求找到一个人迹罕至的世外桃园。然而，不知是命运有意地捉弄，还是无意地安排，偏偏把我抛到这摩肩接踵的人类社会里来了。现在，上苍在掩面嬉笑，我也想嘲笑它一番。可是办不到。

我并不认为，逃跑是可取的办法。在军队中，常有许多这样的人：他们其实是热爱和平反对战争的。但是，不论是自己糊涂，还是别人诱惑，一旦当了兵，来到战场，妄想临阵脱逃，总是很不光彩的。命运之神对人的安排，并非都是深思熟虑，完美无缺的。可一旦它作出了决定，人的职责就是服从。

倘若你们想到我这里来，那就来吧！但要尊重我，如果不想来听，你们再自恃清高，唯我独尊也为时不晚。人世间，这种情况是司空见惯的。因此，一个“普通的”不太高尚而又调皮的国王，其随从也不会完全信赖他的，当然，过分注重荣辱，那也会一事无成。只有抛弃欲念去工作，才会得到赞誉。

如果你们想听我讲故事，那就来吧！我总会讲点什么的。什么劳累呀，灵感呀，我才不去管它呢！

今天，我想起了一个古老的小故事。虽然并不十分精彩，但我想你们会耐心地听我讲完的。

从前，有一条大河，河边生长着一片茂密的树林，在树林里和河岸边，住着一只啄木鸟和一只田鹬。那时，大地虫蛹丰盛，它俩根本不知什么是饥馑，总是吃得饱饱的，长得脑满肠肥。它们颂扬着大地的恩赐，在养育者身上游来荡去。

随着时光的流逝，大地上的虫蛹越来越稀少了。

这时，住在河边的田鹬对栖息在树上的啄木鸟说：“啄木鸟兄弟，世上许多人都认为这块土地年轻肥沃，妖娆多姿，但是，我看它倒是衰老贫瘠，不堪入目。”

“田鹬兄弟，”啄木鸟附和道，“好多人认为，这树林生机勃勃，优美动人，但在我看来，它是死气沉沉，徒有其表。”

于是，它俩决定一起来证实自己的看法。田鹬跳到河边，用嘴啄那柔软的污泥，以证明大地是如何的老朽。啄木鸟用嘴不断地啄那坚硬的树干，试图宣扬树林的极度空虚。

这两只顽固的鸟儿，对歌唱艺术天生地一窍不通。因而，当杜鹃一次又一次地预报大地即将春暖花开，当云雀反复赞颂树林晨曦复苏的时候，这两只饥饿的哑鸟，仍然满腹牢骚地坚持自己的见解，无休止地埋怨着。

你们喜欢这个故事吗？也可能无所谓喜欢不喜欢。不过，这个故事的最大长处就是言简意赅。

也许你们并不认为这是一个古老的故事。因为事实上，它既是最古老的，又是永远常新的。很久很久以来，忘恩负义的啄木鸟，就对大地坚定不移的高尚品质，唠叨抱怨不已。田鹬对大地丰盛富饶的温柔美德，也喋喋不休地指责。直到今天，它们还在没完没了地埋怨哩！

你们可能会问，故事中有什么可悲和可喜的事情吗？有的！既有可悲的，也有可喜的！可悲的是，尽管大地如此慷慨，树林如此广阔，但那渺小的嘴，一旦找不到可口的食物，就会开始恶毒地中伤诽谤。可喜的是，尽管经历了亿万年，大地依然年轻，树林仍然茂盛。如果有谁死亡的话，一定是两只心怀嫉妒的不幸小鸟，而世界上谁也不会再想起它们。

你们现在明白这个故事的中心意思了吗？其实，它并不难理解！或许你们年龄再大一点就会懂得的。

难道这一切与你们毫无关系吗？

不！这是毋庸置疑的。

难以避免的灾祸

地主的总管吉里什·巴苏家里，从很远的他乡异地雇来了一个新的女仆。她名叫佩丽，年纪很轻，品行端庄，性格温柔。没干几天，佩丽就发现老总管不时地用贪婪的目光注视着自己。她出于自卫的考虑，到总管的老婆跟前哭诉了一番。

女主人对佩丽说：“孩子，你到别处去另谋生路吧！你是规矩人家的姑娘，呆在这里对你不合适。”

说完后，女主人悄悄地给姑娘一点钱就打发她走了。

然而，要逃出此地也并非易事，她手头的路费太少。因此，佩丽只好到村里婆罗门霍里霍尔·波塔恰尔乔先生家里寻求庇护。

霍里霍尔几个深明事理的儿子说：“爹，你为什么要给家里招惹是非呢？”

“既然灾祸自己找上门来请求庇护，我就不能拒之门外，把姑娘再送回虎口。”霍里霍尔回答说。

过了不久，吉里什·巴苏来到霍里霍尔家里，深深地鞠了一躬，说道：“波塔恰尔乔先生，您为什么勾引我的使女呢？我家里事情很多，没有女佣是很不方便的。”

霍里霍尔怒气冲冲，直言不讳几句话就把总管顶了回去。这位婆罗门是个自尊心很强的人，不会为了曲意逢迎而拐弯抹角地去打交道。总管暗自把他比做振翅发怒的蚂蚁，扭头走了。离开时，他向婆罗门恭恭敬敬地行了一个触脚礼。

几天之后，警察来到了波塔恰尔乔的家里，从女主人的枕头下面，找出了总管妻子的一副耳环。女仆佩丽被当作窃贼抓进了监狱。至于波塔恰尔乔先生，由于德高望重远近闻名，总管才没敢控告他窝藏赃物。

总管告别时，又向婆罗门行了触脚礼。

霍里霍尔很明白，正是因为自己收留了佩丽，才使这不幸的姑娘蒙受了不白之冤。婆罗门心里很不安，如坐针毡。

儿子们对他说：“我们把田地卖了，搬到加尔各答去住吧！在这里，我们还会遇到很多的麻烦的。”

霍里霍尔回答说：“如果命中注定，即使逃到天涯海角，也是躲避不了灾祸的。我不能抛弃祖辈遗留下来的产业。”

就在这时候，由于总管想要大幅度增加地租，激起了佃户们奋起反抗。霍里霍尔所有的土地全是庙产，与地主没有任何瓜葛。总管向自己的主子报告说：“霍里霍尔唆使佃农发动暴乱。”

地主盛怒不已，吩咐道：“随你采用什么办法，一定要惩治波塔恰尔乔。”

总管向波塔恰尔乔又行了个触脚礼，说：“前面的这些土地夹在地主老爷的田地中间，应该交出来。”

霍里霍尔回答说：“这是什么话！那些土地自古以来就是我们的产业，而且是梵天赐予的！”

法院里收到一份申诉书，说什么与院子毗连的霍里霍尔的祖业，是地主的地产。

霍里霍尔听到这个消息后说：“这些土地要是该放弃就放弃吧，我这一大把年纪，不能去法院作证了。”

他的儿子可不答应。他们说：“把院子周围的土地交出去，全家以什么为生？”

老头子抱着一线希望——保全比生命还要珍贵的祖业，来到法院。他双腿颤抖，战战兢兢地站在证人席位上。法官诺博戈帕尔先生根据霍里霍尔的证词，终止了这件诉讼案。波塔恰尔乔的佃户们，为了这件事打算在村里隆重地庆祝一番。但霍里霍尔急忙制止了他们的庆祝活动。

过了不久，总管再次来到婆罗门家里，并特别恭敬地行了一个触脚礼，他的头几乎都碰到了地面。原来他又向法院递了一份上诉书。

律师们从霍里霍尔那里分文未取。他们一而再再而三信誓旦旦地对婆罗门说，这场官司他一定会大获全胜万无一失。白天无论如何也不会变成黑夜。

听律师们这么一说，霍里霍尔就没有再过问这件事了。心安理得地呆在家里。

但是，有一天地主的公事房里突然传出了敲锣打鼓的喧哗声。总管家里杀猪宰羊，像庆祝杜尔伽大祭节一样的热闹。这到底是怎么回事呢？波塔恰尔乔得知，在诉讼中，他失败了。

波塔恰尔乔被弄得晕头转向，问律师道：“博尚托先生，这是怎么搞的？我该如何办呢？”

博尚托先生对他说了一下白天是怎样变成黑夜的内幕：“不久前刚当上首席法官的这位先生，早在当法官的时候，就与法官诺博戈帕尔先生结下了很深的宿怨。当时他们两个人的地位不相上下，他无可奈何。而现在，他刚一爬上首席法官的座位，就推翻了诺博戈帕尔的意见。因此，您就败诉了。”

懊恼不已的霍里霍尔问道：“还可不可以向最高法院上诉呢？”

“上诉是不会有什么结果的。”博尚托说，“首席法官认为您的证人的证词可疑，而对方证人的证词则真实可信。关于证词的问题，最高法院是不会受理的。”

老头子眼泪汪汪地问道：“那么，现在我该怎么办？”

“我看不出有什么办法。”律师说。

第二天，吉里什·巴苏带着一帮子人来到了霍里霍尔的家里。他又恭恭敬敬地向婆罗门行了个触脚礼。告别时，他深深地叹了一口气，说：“主的安排也就是你的意愿！”

高尔斯华绥

约翰·高尔斯华绥

约翰·高尔斯华绥（1867～1933），英国小说家、剧作家。

高尔斯华绥在英格兰萨里的一个富裕家庭出生，曾在哈罗公学和牛津大学新学院学习法律，1890 年成为讼务律师。但他取得律师资格后并没有执业，而是出国帮助打理家族生意，旅程中认识了作家约瑟夫·康拉德。高尔斯华绥在 1895 年开始写作，1897 年的短篇故事集《天涯海角》是他出版的第一部作品。

他发表的第一份剧本《银盒》（1906 年）以及随后的长篇小说《有产业者》（1906 年）都获得成功。他和其他一些同期作家（例如萧伯纳）的作品都涉及社会的阶级系统和其他问题，剧本《斗争》（1909 年）就是这样的作品。高尔斯华绥凭作品《福尔赛世家》三部曲《骑虎》、《出租》与《有产业的人》获诺贝尔文学奖。

1933 年，高尔斯华绥因脑癌在伦敦的家中逝世。

国籍：英国

获奖时间：1932 年

获奖作品：《福尔赛世家》

获奖理由："为其描述的卓越艺术——这种艺术在《福尔赛世家》中达到高峰。"

演 变

从剧院里出来，我们简直搭不上一辆出租汽车；尽管下着濛濛细雨，也只得走着穿过累斯特广场，巴望碰着有一辆车顺皮卡迪利大街开回来。倒有不少双轮和四轮马车驶过去，有的停在路边上，有气无力地招呼我们，有的想都没想惹我们注意，而每辆出租汽车看上去却都搭上了乘客。在皮卡迪利广场，再也等不下去了，便只好叫住一辆四轮马车，让它带着我们慢悠悠地走完一段漫长的路程。一阵轻微的西南风从敞开的车窗吹进来，风里有一种变化的气味，那种潮湿的气味四处弥漫。甚至侵袭到各个城镇的中心，使善于观察它们形形色色活动的人想到一种无休无止的力量永远在呐喊："变下去！变下去！"可是，马蹄单调不变的嗒嗒声。窗子的吱吱声，车轮在地上颠簸的嘎登嘎登声，要紧不慢地，吵得我们昏昏欲睡，终于到家的时候。我们简直都快睡着了。车费是两先令，在交给车夫之前，我们站在灯光下。看清了手里是不是一枚半克朗的硬币，这才偶然抬起了头。这个车夫看上去有六十岁上下，脸又瘦又长，下巴和下垂的灰须仿佛永久贴在他那蓝色旧大衣竖起的领子上。不过他脸上最显眼的特征还是腮帮子那两道沟，又深又空，看上去那张脸是由一些没有黏着肉的骨头拼成似的，中间深陷出一双眼睛，一点儿神采也没有。他一动不动地坐在那里，盯着他那匹马的尾巴。于是，我们中间有一位，几乎是无意识地，又在那半克朗之外添上了他剩下的钱。他把钱接了过去，什么也没有说，但我们正走进花园大门时，却听见他开了口：

"谢谢您啦；您可救了我一命。"

我们都不知道该怎么回答这一句怪话。便又关上了大门，走回到马车跟前来。

"情况糟到这个地步吗？"

"是啊，"车夫答道。"到头啦——这差使。现在没人需要我们了。"

于是，他扬起鞭子，打算把车赶走。

“像这样糟有多久了？”

车夫又垂下了手，仿佛乐于让它歇一歇似的，文不对题地回答说：

“我赶了三十年车。”

接着，他又盯住马尾巴发起呆来，只有一个个问题才能把他从沉思中唤醒。来说说他自己；他似乎意识不到自己的。

“我倒不怪出租汽车，我谁也不怪。让我们赶上了，就这样赶上了。早上我从家里出来，什么也没给老婆留下。她昨儿个还问过我：‘这四个月来，你挣回家多少了？’我说，‘一星期照六先令算吧，’她说，‘不对，是七先令。’可不，她就是这样上的帐。”

“你们真快断顿了吗？”

车夫笑了，那两个深坑之间的笑容实在奇特，恐怕很难在一张人脸上看得到。

“可以这么说，”他说道。“唉，才有多少呢？今天，我拉上你们之前，只挣了十八便士；昨天挣了五先令。而我一天得挣七先令交租车费，那还算是便宜的。有很多车主都破产关门了——一点也不比我们强。他们这会儿撇下我们，再容易不过了；你总不能教铁石心肠发慈悲吧，能吗？”他又笑了。“我倒也挺可怜他们，也可怜那些马，尽管我相信，它们的下场在我们三方面算是最好的。”

我们中间一个人对公众说了几句抱歉话。

车夫转过脸，透过黑暗凝视着下边。

“公众？”他说道，他的声音里带着一丝惊讶。“唉，他们都要坐出租汽车。那是很自然的。他们坐在那里面来来去去快多了，一寸光阴一寸金嘛。我等了七个钟头才拉上你们。你们那会儿正找出租汽车。搭他们的车和搭我们的一样，因为他们也强不了，通常他们的脾气都挺大。再说有些老太太就怕那些机动车，可老太太付钱向来不痛快——痛快不了，我认为她们大多数都是这样。”

“我们都为你难过。人本来会想到——”

他低声打断我们的话：“难过也顶不了饭……过去从来没有人向我打

听过生活。”接着，他慢慢把长脸左右摇了摇，补充道：“再说，人家又能怎么样呢？总不能指望人家养活你吧；而且要是向你问起问题来，他们会觉得很别扭。他们也明白这一点，我想。当然，我们有那么多人；双座马车简直和我们一样糟。唉，吃我们这碗饭的人一天比一天少了，这是明摆着的事。”

不知道该不该对这种消亡现象表示一下同情，我们便凑近到马跟前。这是一匹从膝盖看来“凑合”得太久了的马，在黑暗中似乎有数不清的肋骨。我们中间有个人突然说：“就光凭这些马的样子，很多人也愿意在街上只看见出租汽车，看不见别的。”

车夫点了点头。

“这个老家伙，”他说，“从来没长过多少肉。如今它吃食也打不起精神来。虽说吃的质量不怎么好，可是够它吃的。”

“你不够吧？”

车夫又拿起鞭子。

“恐怕，”他一动不动地说，“眼下没有谁能给我找个活儿干了。我干这活儿年头太长了。要没有别的路可走，也只有进济贫院。”

听着我们抱怨世道似乎太残酷，他第三次笑了。

“是呀，”他说得很慢，“对我们是狠了一点，我们根本没有招惹谁呀。可是世上的事情就是这样，让我来说的话。一件东西来了，就把另一件东西挤走了，就这样挤下去。我想过了——你得想想事情的道理，整天坐在这里想来想去。我终于想不清有什么道理。我们的末路很快要到了——不会有多久。我也说不准，会不会为再赶不了车心里难受，这太让我丧气了。”

“听说筹措过一笔款子。”

“是的，供我们一些人学开汽车；可在我这把年纪，对我有什么用？我都六十岁了；像我这样的不止一个——有好几百。我们学不进去了，这是事实；我们现在没有精力了。要救济我们可需要一笔巨款。所以你们说的不假——人家想要我们收场。他们要的是出租汽车——我们混生活的日子过去了。我可没有抱怨，你们自己问起我的。”

于是他第三次举起鞭子。

“你告诉我，假如给你的车费仅仅多六便士，你会拿它做什么呢？”

车夫朝下凝视着，好像被那个问题问懵了。

“做什么？什么也做不成。我能做什么呢？”

“可是你说它救了你的命呀。”

“是呀，我说过，”他慢声答道。“我当时觉得有点憋气，人有时候免不了；这是注定要碰上的，没法躲开——你要想得开这个。”不过我们照例能不想就不去想它。

这一次，他说了声“真谢谢你们啦”，就用鞭子磕了磕马的肋部。那个被遗忘了的牲口像从梦中被唤醒似地迈动了腿，开始把马车从我们面前拖走。他们在灯光衬出的一丛丛树影之中，非常缓慢地沿路而去。在我们的头上，云朵像白船一样正乘着带有变化气味的风，疾速地驶过黑河似的天空。马车看不见了，那股风依然把那即将消失的车轮慢慢转动的声音送到我们耳边。

蒲　宁

伊凡·亚历克塞维奇·蒲宁

伊凡·亚历克塞维奇·蒲宁（1870～1953），俄国作家。出身于波罗涅日市没落的贵族家庭，父亲阿历克谢·尼古拉耶维奇·蒲宁是个败家子，贪杯滥赌，将财产挥霍一空，母亲柳德米拉·亚历山德罗夫娜常难过落泪，后来全家被迫迁居到祖父的布蒂尔基田庄，后寄居外祖母的奥勒尔省庄园，蒲宁的童年在宁静的乡村里度过。

1881 年蒲宁在叶列茨县贵族男中读书，但中途辍学。由于家庭的经济状况每况愈下，蒲宁很早就开始在外工作，他当过校对员、统计员、图书管理员、记者。他在《奥廖尔导报》社时认识一位名叫瓦里娅·帕先科的女孩，相恋两年，最后因女方家长的反对而分手，对蒲宁的心灵造成不小的创伤，他的小说大多是悲剧结局。

他曾受教于托尔斯泰、契诃夫、高尔基等作家，并为高尔基的“知识出版社”撰过稿。1887 年开始发表文学著作。1892 年出版第一个诗集，1897 年出版第一部短篇小说，1901 年发表诗集《落叶》，以祖国及其贫穷的村庄和辽阔的森林为题材，获普希金奖。1920 年十月革命后流亡法国。写有近200篇短篇小说。主要作品有诗集《落叶》，短篇小说《三个卢布》、《中暑》、《安东诺夫的苹果》、《松树》、《乌鸦》、《新路》、《巴黎》，中篇小说《乡村》等。1933年以《米佳的爱》获诺贝尔文学奖。

国籍：俄国

获奖时间：1933年

获奖作品：《米佳的爱》

获奖原因："由于他严谨的艺术才能，使俄罗斯古典传统在散文中得以继承。"

阔别重逢

绵绵的秋雨使城外的大路上积满了雨水，路面露出东一道西一道错乱的车辙。一辆四轮马车朝一座木房驶去。车篷半敞着，车身溅满了泥水，三匹瘦马拉着车。这座木房一半是官家的邮局。另一半是供过往行人歇脚、进餐、住宿的私人旅店。赶车的是一个身体结实的农民，黑脸黑胡子，像古代的一条绿林好汉。车里坐着一位上了年纪的军人，头戴军帽，身穿海龙皮军大衣。眉毛粗黑，但髭须和双鬓已经花白了，面色虽然严峻，但却显得疲惫怠倦。

马车停下后，他伸出一只穿着锃亮、没有一丝皱褶的军靴的脚，用戴着鹿皮手套的一只手撩起军大衣的下摆迈下马车。

他在门槛处微微地弓一下腰，跨过门廊，拐进左边的屋子。

堂屋里很暖和，干爽，左边墙角上挂着金光闪闪的圣像，圣像下面摆着一张桌子，桌布洁白整齐，桌边围放着几条擦得干干净净的长凳。右墙角有个做饭用的炉子，炉边摆着一张躺椅，从炉子那边飘来阵阵菜汤的香味。

他脱下大衣放到长凳上，这时身体显得格外匀称矫健，接着摘下手套和军帽，然后用一只清癯的手理了理头发。堂屋里一个人也没有，他满心不快地喊道：

“喂！有人吗？”

应声走出来一个女人，她一头黑发，虽然看上去有四十多岁了，但仍有几分风韵。“欢迎！欢迎，大人。”她说，“您想用饭？还是喝茶？”

客人朝她那丰满的双肩瞥了一眼，毫不在意地答道：

“喝茶。您是店主还是招待？”

“店主，大人。”

“看来这店是您一个人开的了？”

“是的，就我一个人。”

“守寡吗？要不怎么自己干这个呢？”

“不是守寡，大人，不干点事怎么糊口呢？”

“是这样，你这个地方很干净呀！”

这个女人眯起眼睛，上下打量着来客。

“我收拾惯了，”她说，“因为我过去一直是当佣人的，阿列克希耶维奇！”

听她说出了自己的名字，客人已慌得不知所措了。

“是你？奈吉达！”他惊奇地问。

“是我，阿列克希耶维奇！”她镇定自若地回答道。

“天哪，”他一下子瘫在长凳上，两眼直勾勾地看着店主。“谁能想得到呢？我们有多少年没见面了？”

“三十年，阿列克希耶维奇！我今年四十八岁，您快六十了吧！”

“差不多……天哪！我做梦也没想到能看见你！真怪！”

“有什么可怪的？先生！”

“这一切一切……你还不明白吗？！”

他那怠倦的神情一下子烟消云散了，他站起身，在屋子里低着头踱起步来，只见他满脸涨得通红，过了一会儿，他停下脚步问道：

“打那以后我就断了你的消息，你怎么到这个地方来了呢？为什么没有留在老爷家？”

“您走后，老爷就恩赐解放了我的奴隶身份。”

“那么你都到什么地方去了呢？”

“说来话长，先生！”

“听你的口气，你没嫁人？”

“没有，没嫁人。”

“为什么？你长得那么漂亮，为什么没有嫁人？”

“我不想嫁人。”

“为什么？”

“这还用解释吗？我想您还不至于把我是怎样爱着你的忘得一干二净吧。”

他脸红了，重新踱起步来，眼里噙着泪水。

“一切都会过去的，我的朋友，”他低声地说，“爱情，青春，一切都不例外。那只是一段很平常的往事，她随着时光的流逝也就过去了。”

“上帝赋予每个人的性格是不一样的，阿列克希耶维奇！青春能消逝，但爱情却不能磨灭。”

他苦笑了一下说，“你总不能永远爱我吧？”

“您错了，我恰恰是这样。虽然这么多年过去了，可我对您的爱始终没有动摇。尽管我心里清楚，你早已不是原来的你了。可对你来说，那是另一回事了。现在，我知道责备你也无济于事，想到你薄情无义把我抛弃，你的心也够狠的了。多年来，我蒙受了莫大的羞辱，我曾几次想自杀。曾几何时，我还管你叫小名呢，你还经常朗诵诗给我听。”

“那时你真漂亮，”他说，“真迷人，身段苗条，眼睛明亮，无人不为之动心。”

“当时你也是相貌堂堂，我把我的美貌和爱情，一切都奉献给了你。”

“啊！一切都会逝去，一切都会淡忘的。”

“一切都会逝去，然而不是一切都能忘记。”

“请你走开吧！”

他掏出手帕擦了擦眼睛，接着说：

“但愿上帝能饶恕我，看来你是原谅我了。”

她已走到门口，听到这话她停住了脚步，说道：

“没有，阿列克希耶维奇，我没有原谅您，既然您这么说，我就直言不讳地告诉您：我永远不能原谅您，尽管讲这些话已经是多余的了。”

“是的，没有什么必要了，请你去招呼一声车夫，让他把马车备好。”他脸上完全是一副阴森的表情，“我不妨也告诉你一下：我一生从未有过幸福，我这样讲也许会挫伤你的自尊心，但我还是要开诚布公地告诉你，我曾深深地爱过我的妻子，可她背叛了我，使我蒙受奇耻大辱，比我给你造成的痛苦还大。我把希望寄托在我的儿子身上，可他长大却成了一个不知廉耻的花花公子，使我痛不欲生……然而这一切都不过是平淡的往事。我想，我失去了你。也许就是失去了我最宝贵的东西。”

她走回他的身边，吻了一下他的手，他也吻了一下她的手。

“叫人备车去吧……”

上路之后，他郁郁寡欢，心里想道：“当年她真是个绝世美人。”接着，他便回忆起他们这次见面的情景，回忆了吻他手时的情景，他感到愧不可当。她把一切都奉献给了我，而我……

落日渐渐西沉，车夫选择稍微干爽一点的路面赶着车，他好像在想着什么。后来，他抖抖精神一本正经地说：

“大人，那个女人一直在窗口看着咱们离开的，大概你们从前认识吧！”

“很早以前就认识。”

“这个娘儿们很能干的，听说她发财了。还放债呢。”

“那有什么可大惊小怪的！”

“那还不算大事吗？谁不想有钱过好日子。听人说，她放债的利钱很公道，但是必须守信用，如果遇到想赖债的人，她也无计可施。只好怨自己倒霉。”

“是啊，怨自己倒霉吧……把车赶得快点，不然我们就赶不上车了……”

在残阳的余晖中，空旷的田野被染得通红，三匹马踏着泥水发出有节奏的声音，他紧蹙双眉，陷入了沉思：

“是啊。怨自己倒霉吧，往事不堪回首，如果那时我不抛弃她，日后会是什么样子呢？无法想象。不过这个女人至少不会当饭店的老板娘。而我的妻子——我彼得堡家中的主妇我儿子的母亲，也不会是现在这个境况。”

他摇了摇头，闭上了眼睛。

美　人

省税务局官员，一个上了年纪的鳏夫，娶了军官的女儿，一个非常年轻的美人。鳏夫沉默寡言，谦恭温雅；而美人却自视身价颇高。鳏夫是个细高个儿，瘦骨嶙峋，纯粹是肺痨病人的体态。他戴一副碘色眼镜，声音有些嘶哑。如果想大声一点说话，就得直接从喉管发出吼声。而美人却身段苗条，娇小结实，长得十分俊俏，平日总是穿得漂漂亮亮的；她目光敏锐，很会精打细算，家务事料理得井井有条。鳏夫像许许多多的省城官员那样，在各方面都非常干巴乏味，毫无吸引人之处，但初婚就娶上一个美人；人们无不两手一摊，显出十分惊讶的神色：这样的美人怎么会嫁给他这个人，她图他什么呢？

如今这第二个美人心安理得地开始对他前妻留下的7岁小男孩怀恨在心，装着根本就没有看见这孩子似的。父亲由于惧内也装起蒜来，似乎他并没有什么儿子，根本就没有养过儿子。这生性活泼温顺的孩子，从此在他们面前不敢吭声，后来性格就变得完全内向，躲着藏着，好像在这家里已经不存在他这个人似的。

再婚后，孩子马上就被撵出父亲的卧室，睡在客厅的长沙发上；这是个紧挨着餐室的小房间，陈设着一些蓝色天鹅绒家具。但他在那儿睡得很不踏实，每夜都要把床单和被子踹到地上。于是美人很快就对侍女说：

“这真不像话，他会把长沙发上的天鹅绒全给蹭坏的。娜斯佳，走廊上已故女主人的大箱子里有一个褥子，那是我早先叫你放在那儿的，你就用那个褥子给他在地板上铺个睡觉的地方得啦。”

于是，这个在人世间孤苦伶仃的孩子，就过起完全独立孤单的生活。这是种无声无息的、不露形迹的、天天千篇一律的单调日子：他像小绵羊似的坐在客厅的一角，在石板上画他的小房子，或者老拿着还是他母亲在世时买的那本带画的小人书，一字一句地低声朗读，呆视窗外……他在长沙发和一棵种在桶里的棕榈树之间的地板上睡觉。他晚上自己铺地铺，早上认真收拾整理，卷好被褥就往走廊上搬，把它塞进妈妈的大箱子；在那箱子里，藏着他个人的全部家当。

狼

一个暖热的八月之夜，天黑糊糊的，依稀看得见几颗星星在高空云层深处若隐若现。一辆小车沿着布满厚厚一层尘土的田野大道徐缓而无声地行驶着。车上坐着两个年轻的乘客。一个小地主小姐和一个中学生。阴暗的远处闪亮着一道火光。时而照亮车前那一对平静地跑着的马。马儿鬃毛凌乱，套着简便马具。时而照亮那小青年的双肩和他头上的便帽。他身着麻布衬衫，稳坐在驾驶座位上。车前一忽儿闪过一片收获后空闲着的田野，一忽儿闪过一片黑森森的树林。昨儿晚上，村子里曾响起一阵阵喧嚷声、喊叫声和胆怯的犬吠声。当时乡间小木房一带已吃过晚饭，一只狼吓人地咆哮着闯进一家农户的院子，咬死了一只羊，差点儿把它叼走了。在狗群的吠叫声中，农人们拿着棍子赶了出来，把那只已被拦腰撕裂的羊夺了回来。现在车上的这位姑娘神经质地哈哈大笑着，她擦燃一根根火柴，把它们掷向黑暗的夜色之中，并开心地叫喊：

“我怕狼！”

火柴的亮光照耀着小青年瘦长而粗鲁的面庞和他那兴奋的宽颧骨的脸膛。姑娘长着一副小俄罗斯型的圆脸，她头上扎着一条红色的头巾，红色印花连衫裙的领口自在地敞开着，显露出她那圆圆的健壮的脖子。小车在奔跑中摇晃着。她擦燃火柴把它们掷向黑暗的夜色中，似乎没有察觉到中学生在搂抱着她。他时而吻着她的脖子，时而吻着她的脸颊，并找寻她的嘴唇。她推开他的手肘。坐在驾驶座位上的小青年故意带一点儿傻气地大声对她喊叫：

“给我火柴！我要抽烟！”

“就给你！就给你！”姑娘叫嚷着，又一次擦燃火柴。随后，远处亮起一道闪光，把夜色反衬得越加漆黑一团。在黑暗中他们只能感觉到小车在向前行驶。最后，她让他长久地吻着她的嘴唇。突然，一下碰撞，他们颠晃了一下，小车撞在什么地方停住了。小青年急剧地勒住了马。

“狼!”他猛地大叫一声。

在他们右前方的远处一起火灾的火光分外刺目。小车就在那远处火光所照亮的一座林子前停住了。由于火光的映衬，林子显得愈加黑森森的。那火灾的火焰急匆匆地向天空乱窜，眼前的一切都在摇摇晃晃地颤动，在火光前显露出来的整个田野也都好像在那时明时暗的暗红色火光中颤动着。这火光尽管还在远处，但它那流动的炽烈地燃烧的烟火的影子却仿佛离小车只不过一俄里左右。火势狂暴地蔓延开来，越来越灼热而可怕地笼罩着宽广的地面，使人感觉到它的热气已经扑到了脸上，扑到了手上，他们甚至已经看得见黑暗的地面一处即将燃烧尽的屋顶上的红色火网。在树林的阴影下站着被火光映红的灰色的野兽——三只大狼。它们的眼睛时而闪出亮幽幽的绿光，时而射出火红的光芒。就像那从红醋栗榨出来的热乎乎的红色果汁似的，那样透亮，那样鲜明。马惊吓不安地打着响鼻。蓦地，马发狂似地朝左侧的耕地冲去。手持缰绳的小青年朝后一仰倒了下去，小车发出碰撞声，碎裂声，沿着初耕地颠簸着，跳动着……

在谷地上的不知什么地方，马再一次冲腾纵跳，姑娘一跃而起。刚刚来得及从吓傻了的小青年手中夺过缰绳。她一挥手飞身跳上驾驶座位，她的脖子碰在车子上不知哪处的一件铁器上。就这样，她的嘴角上终生留下了一道轻微的伤痕。当人们问及她的这道伤痕时，她总是得意地微微一笑。

“事情发生在好久以前的一天。”她边说边回忆起早先的那一个夏天，那8月的干燥的日子和暗黑的夜晚，打谷场上人们在打谷，新堆的谷草垛发出沁人的气味，那个没有刮脸的中学生，她同他躺在谷草垛上。仰望那流星发出的瞬息即逝的明亮的弧形的光辉……“狼是那样的吓人。马儿在狂奔,”她说道，“我急速地拼命地扑了上去，勒住了马……”

那些一次也不曾领受过她的爱的人们都说：再没有什么比这一道像是经常在嫣然微笑的伤痕更可爱的了。

延　森

约翰尼斯·延森

约翰尼斯·延森（1873～1950），丹麦小说家、诗人。出生于丹麦日德兰半岛西岸的西玛兰，延森在那里度过了他的童年和少年时代。从小学起，他就迷恋书本，尤其喜爱丹麦古典文学和北欧神话传说。西玛兰教育了延森对时空的强烈感受，使他关注人类历史和命运并与大自然深深结缘。17 岁时，延森到格陵兰上高中，三年后，到了哥本哈根念大学，结识勃兰兑斯等一些丹麦的著名学者和作家。1895 年，延森在一份周刊上发表发表连载惊险小说《卡塞亚的宝物》，这是他的第一部文学作品，紧接着，他又写了一系列侦探小说。第二年，长篇小说《丹麦人》出版，由延森根据学生时代的经历写成。从此，延森成为一名职业作家。从 1897 年起，他陆续创作了 30 多篇描写家乡西玛兰风土人情的短篇小说，后来结集出版了《西玛兰短篇小说集》，该小说集连续再版达几十次之多，为延森赢得了世界声誉。

延森曾两度到美国旅行，并写出了小说《德拉夫人》（1904）和

《车轮》（1905）。两篇小说均以本世纪初的美国为背景，充满了讽刺、滑稽与悲剧色彩，较深奥难懂。延森的重要作品有长篇系列小说《漫长的旅途》、《冰河》、《船》、《失去的天国》、《诺尼亚·葛斯特》、《奇姆利人远征》和《哥伦布》。这6部长篇小说从远古冰河时代的北欧写到哥伦布发现美洲大陆，具有史诗的宏大气垫和优美奇特的风格。其他作品有小说《艾纳·耶尔克亚》、《国王的没落》、《鲁诺博士的诱惑》，诗集《世界的光明》、《日德兰之风》和数量众多的散文及美学论文。1944年获得诺贝尔文学奖。他的小说、诗歌和散文被誉为丹麦文坛三绝。他也是丹麦语言的革新大师。

国籍：丹麦

获奖时间：1944年

获奖作品：《漫长的旅行》

获奖理由：“由于借着丰富有力的诗意想象，将胸襟广博的求知心和大胆的、清新的创造性风格结合起来。”

安妮和母牛

在瓦布森举办的定期市集上也有牛市。那儿有个老妇，也牵着一只母牛站在那儿。但她和母牛之间，总保持着一段距离，不知是客气，还是要引起人们的注意。为了怕被阳光照射，她的头巾被拉得很低，遮住了额头。她一直默默地站在那儿编织着袜子。这只袜子快打好了，下面都卷了起来。她的衣服款式看来已很古老了，可是倒很干净的。下面穿着一条手染的蓝裙，还有染锅的那股臭味。腰间系着用褐色丝线编的三角肚兜。在凹入的小腹上打了一个结。头巾都褪色了，褶痕很深，显然收藏许久没用了。木鞋的底也磨损了，但皮面仍抹着鞋油。一双干瘪的老手，勤快地动着四根棒针。灰白的头发上还插着一支多余的棒针。她倾听着市集传来的音乐，一面看看从她面前走过的人潮，和正在交易的牛只。四周十分嘈杂喧闹。马市传来马的嘶叫声，码头那儿船只来去，声音吵杂，还有江湖小贩吆喝打鼓的声音。而她只是默默地站在阳光下，编织着她的袜子。

母牛走来把鼻子挨在她的手肘边，牛肚松夸夸地垂着，脚向外侧张开，正在反刍。这条牛虽然老了，可是毛色仍很光鲜，想来照顾得很妥善，称得上是一条很好的母牛。只有臀部到背脊的地方，瘦得露骨。除了这项缺点，这只母牛可以说是很漂亮的。长着细柔牛毛的乳房，丰满地鼓起。美丽黑白两色的角上，恰如其分地点缀着几条有着环状的花纹。母牛的眼睛湿濡濡地，它在反刍食物的时候，总是摇摆着下颚。把反刍的满嘴食物，再吞了下去。脖子左右摆动，回望着四周。这时又有食物从胃反刍到嘴里时。母牛又摇动脖子，兀自站着，神情似乎十分满足。黏液从母牛的大鼻孔中流了下来，每吐一次气，那声音就像风琴背后的低音一样。这可证明它是一条健康有力的母牛。它就像其他的母牛一样，经历过各种生活，如果比作人的话，该是历经世事了。生了小牛，既不怎么去看顾，也不舔舐小牛，只是忠实地吃着饲草，再流出牛奶来。母牛现在在这儿，就像在任何地方一样，一面熟练地反刍食物，一面用尾巴赶着苍蝇。绑牛的细绳，是很小心地系在牛角上，松软地垂了下来。因此，母牛就不致在田间乱跑，也不至于独自跑到其他的地方去。

牛的笼头，不但老旧，而且也被磨损成了圆形的。鼻栓也没有了，好在母牛十分温驯，也无此需要。牛绳倒是换了一条新的，平常吃草用的那条牛绳，不但陈旧，还有好几节是连结起来的。安妮婆婆是注意到这点，她希望今天母牛要扮得漂亮些，那条旧牛绳是有损观瞻的。

这条母牛是很适宜屠宰用的，所以很快就有人走过来，细细端详这只母牛。他用指尖仔细压在牛背的皮肤上。当他在牛身边这么做的时候，母牛只是后退了一点，并未生气。

“老婆婆，这头牛你要卖多少钱啊？”这人把两道锐利的目光，从牛的身上，移到安妮的身上。

安妮的手仍忙着织袜子，一面答道：

“这头牛并不是要卖的！”

她像很慎重地结束了谈话，用一只手擦擦鼻子的下方，好像她正忙，不愿受人打扰。

那人虽然走开了，可是一路走，还禁不住频频回头，目不转睛地看着那条母牛。

接着，又来了一个身材挺拔，胡子剃得清清爽爽的屠夫。他先用藤杖敲牛角，又用他肥大的手，沿着牛的背筋摸下去。

“这头牛要多少钱？”

安妮婆婆斜着眼看着母牛。母牛孩子气地眨着眼，看着眼前的藤杖。接着就别过头，好像在远方发现了什么有趣的东西。

“这头牛不卖的！”

屠夫染着血的风衣下摆，在风中吹着，听了这话就转身走了。没隔多久，又有一个买主来了，安妮婆婆摇摇头。“这头牛是不卖的！”

如此拒绝了好几个买主之后，安妮婆婆的名声也不胫而走。方才要买母牛的人，其中有一个又折了回来，向安妮婆婆提出了十分优厚的条件。这使安妮婆婆有些窘迫不安，不过她还是说不卖就是不卖。

“哦？难道你已经卖给别人了？”

“怎么会！”

“真是这样，可把我搞糊涂了，老婆婆，那么你又为什么站在这儿，显示你的母牛呢？”

安妮虽然低着头，可是仍然一个劲地织着袜子。

“喂！你干嘛要和母牛站在这里啊？”这人似被侮辱了。“这可真是你的牛吗？”

当然！这还用问吗？这头牛百分之百是属于安妮的。她把这头牛从小抚养大。她对这人说，这牛的确是她的。她想她该再说些什么，好让对方息怒。可是对方却没有给她开口的机会。

“你就是要玩弄人才站在这儿是吗？”

怎么这么说呢？安妮悲伤得再也说不下去了。她真慌了，手只有不停地织下去。她不知该把视线落在什么地方才好，她着实很困惑。那个人正气冲冲地逼着她问道：

“是吧？你是专为侮辱人才到这市集里来是吧？”

这时，安妮放下了手上正在织的袜子，解开拴牛的绳子，准备牵牛回去。她诚挚哀求的眼光，向着那人望去。

“这是只十分孤独的母牛！”她完全能信任眼前这个男人，说出了心底的话。“它现在实在是太孤单了。我和这条牛，住在一户小农家里。谈到牛，就仅有这一只，再也没有别的牛只了。我一直过着孤孤单单、离群索居的生活，所以，我就想带它到市集来，也好有其他的牛作伴，我也希望它能快活些。真的，我真的是这么想的。我想我这么做，也不可能为别人惹上麻烦，所以我就决定这么做了。虽然到这儿来了，但不是来卖牛的。就是这样，现在就让我回去了好吧！抱歉了，再见，谢谢你！”

神学院里的一名学生

在毛尔布朗的修道院里，大约一个半世纪以来，一直住着施瓦本地区的享受奖学金的男孩子，他们将来要被培养成为基督教的神学家，他们学习拉丁语、希伯来语、古希腊语和新约全书的希腊语。这些男孩子上课用的教室的名字都是美妙动听的，多数是古代的名字。如雅典、斯巴达，其中有一个教室叫赫拉斯。在这间小屋里有两扇间壁墙，把小屋隔成几个小的套间，靠墙放着十几张写字台，学生们在这上面做他们的作业，写作文。写字台上面，放着各类字典和文法书，还放着父母或姐妹们的照片。在桌盖底下，除了笔记本以外，还储藏着朋友和父母的来信、最喜欢读的书、搜集来的矿石以及妈妈每次同换洗衣服包裹一起寄来的吃的东西，如面包、一罐果酱、一根可久存不坏的香肠，一瓶蜂蜜或是一块熏肉。

在一道竖墙的大约中间的地方，挂着一个用玻璃框镶嵌起来的画像，是一个古代理想美女的形象，它是这间名为赫拉斯室的标志。就在放置在这里的书桌旁，大约在1910年前后。有一个叫阿尔弗雷德的男孩站在或坐在置于这个位置的书桌旁，他是一个15岁的少年，一位家居黑森林的教师的儿子。他在偷偷摸摸地写诗，他的德语作文写得很出色，是人所共知的。这些作文时常被课堂辅导老师当作范文在班上朗读。当然，阿尔弗雷德像某些年轻的诗人一样，在许多方面也表现出他的怪癖的个性和习性，有些令人感到奇特，有些惹人讨厌。早晨起床时，他总是寝室里最末一个离开床的人，他唯一的运动就是阅读。对别人的挑斗，他有时是以尖刻的嘲讽，有时只能以蒙受了凌辱的沉默不语和与外界隔绝来回敬。

在他最喜欢阅读的、几乎能熟练背诵出来的书籍中，也包括《在轮下》这部长篇小说。这部书虽未被列为禁书，但是，却是权威评价不高的一本书。关于这本书的作者，阿尔弗雷德知道，这位作者在大约20年前也是毛尔布朗神学院的学生，也曾经是这间赫拉斯室的住户。阿尔弗雷德还熟悉这位作家写的诗，并在暗中思虑着能够步他的后尘，也成为一名有名望的、为小市民所嫉妒的作家和诗人。不过，那位撰写《在轮下》的作者，并没有在修道院和这间赫拉斯室呆很长时间，在他按照自己的意志而成为一个所谓的职业作家之前，就离开了此地，并经历了艰苦的岁月。现在，尽管阿尔弗雷德还没有迈出这一进入坎坷人生的一步——不管这是出于怯懦，还是为了满足父母的心愿，尽管阿尔弗雷德还继续留在神学院当学生，尽管他也许受上帝之命很可能去学习神学，但是他以长篇小说和诗歌奉献给世人，并对那些今天蔑视他的人以高尚文雅的方式进行报复，这样的一天终会来的。

一天下午，正在“沉思默想”的时候，这个青年人将自己的书桌盖子高高地撑起来，在这个珍宝箱里，找寻点什么，书桌里除了家里带来的蜂蜜罐子外，还珍藏着他的诗稿以及其他草稿。他如临梦境，开始去揣摩那许多钢笔或铅笔写的或用小刀刻在桌子上的过去这张桌子的使用者的名字。许多名字都是用“H”这个字母开头的，因为所有教室的学生座位都是按字母顺序排列的，而中间的一些桌子，几十年来都是给姓名以“H”开头的学生使用的。在这些以“H”开头的名字当中有功绩卓著的奥托·哈特曼，也有那位威廉·海克尔，他今天在神学院里担任希腊语和历史教授。当他心不在焉地凝视着这些杂乱无章的前人的名字时，他突然震悸了一下：一个以粗犷的手迹用墨水划在书桌盖的浅色木头上的名字。他认识并且敬仰这个人，他是那个用“H”字母开头的诗人的名字，他把这个诗人视为自己崇拜的偶像和榜样。这就是说，在这里，在阿尔弗雷德的书桌上，那位了不起的人阅读了自己所崇拜的诗人的作品，写下了自己的抒情处女诗作。在这张课桌上，曾放置过他的拉丁文和希腊文字典、荷马与李维的书籍。他曾在这里伏案工作过，筹划过自己的未来。一天他从这里走出去散步，据传，第二天在他回来时，已成为一个农村猎手的俘虏！这难道不令人感到有点神奇吗？难道这不是一个预兆，一种命运的预卜：你也是一个诗人，并且有自己的特点，难以捉摸的，然而又极为珍贵的个性；你也是负有天命，你有朝一日也将成为青年后继者仰慕的明星，成为他们的楷模。

阿尔弗雷德几乎等不到祈祷课结束。钟声敲响了，这寂静的教室马上就动了起来，传出了嘈杂的喧哗声、嬉笑声、关桌盖的声音。阿尔弗雷德急不可耐地向离他最近的同学点头示意，让他过来，他平时同这个人几乎不打什么交道。当那个孩子没有马上过来时，他就气急败坏地喊道："快点，我要给你看点什么。"那个青年不慌不忙地凑过来，阿尔弗雷德兴奋地给他看他发现的这个人刻在书桌上的名字。——这个人曾在20年前也在这里呆过。并在毛尔布朗神学院里享有非常独特的、引起热烈争论的盛名。

但是，这位同学既不是诗人，也不是空想家，却已习惯于自己课桌邻居的这种荒诞的空想。他不动声色地观看阿尔弗雷德用食指点给他看的那些字母，转过身来以一种带讽刺的同情心的口吻说："啊！这个名字是你自己刻上去的吧。"阿尔弗雷德不由得掉转身去，对这个回敬感到气愤，并且也生自己的气，为什么不能自己保留着这种发现，而恰恰非要告诉这个台奥多尔不可。阿尔弗雷德没有被人理解，他是生活在另一个境界里，是孤独的。愤恨和失望的情绪，在他身上还持续了很长时间。

除此之外，关于阿尔弗雷德在毛尔布朗的活动和烦恼，我们就一无所知了。他的文章和诗句也未能保留下来。不过，我们大体上还是知道他以后的生活历程。他在神学院上完了两个学期，却未能通过图平根修道院的入学考试。他不愿意，但为了博得母亲的欢心，还是去读了神学。此后作为志愿兵参加了第一次世界大战，返回家园时是上士。看来，他从未在教会里供过职。而是改做了商业工作。1933年，他没有随波逐流，反抗过希特勒一伙，从而遭到逮捕，估计是受尽了凌辱和虐待。因为他在获释之后，就得了神经错乱症，并且立即被送进了一家疯人院。从那里除了1939年得到一个简短的讣告以外，他的家属再未得到过任何消息。从前神学院的同学中以及他在图平根时的朋友们中，没有一个人同他保持过联系。——尽管如此，他还是没有被人遗忘。

恰恰是阿尔弗雷德在毛尔布朗神学院的老同学和课桌邻近者台奥多尔，通过一次偶然的机会了解到阿尔弗雷德的一事无成的一生的悲惨经历和可悲的结局。由于阿尔弗雷德所崇拜的诗人和楷模，即《在轮下》的作者还活在人世，而且是可以找到的，于是，台奥多尔产生了一种迫切感，仿佛在这方面还可以做点补偿的事，仿佛这位天资聪明的不幸者对这位诗人的怀念和年轻人的爱戴，必然是以某种方式和在某处还在继续着，没有泯灭。于是，台奥多尔坐下来给那位曾在不易被人记起的时期成了阿尔弗雷德在赫拉斯室书桌旁的典范的H·H，写了一封长信，把他的那位可怜的毛尔布朗时期的同学的经历告诉给他。他使这位老人对这个故事产生了极大的兴趣，于是，写下了这篇报道，为的是让人们所了解的关于神学院的学生阿尔弗雷德的情况能流传于世。因为，维护与保存以及抵制易逝性与忘却，也都属于诗人的使命的一部分。

纪　德

安德烈·纪德

安德烈·纪德（1869～1951），生于法国巴黎。他父亲是巴黎大学法学教授，死于1880年。纪德在诺曼底孤独地长大，在早期已成为多产作家。

1891年纪德发表了他的第一部小说《安德鲁·华特手记》。1897年，他的作品《地粮》出版，这是以第二人称告白体写成的散文诗集。

1923年，他出版了一本关于陀思妥耶夫斯基的书。当他在“田园牧人”公开发行版中为同性恋辩护时，遭到了广泛的非难，他后来将之看成自己最重要的作品。

1925年后，他开始为罪犯争取更人道的生存环境。1926年他发表了自传《如果一粒麦子不死》。

从1926年7月到1927年5月，他与侄子在法国近赤道的非洲殖民地旅行。在回法国之前，他又游历了现在的刚果共和国、中非共和国、喀麦隆。他在《刚果之行》及《从查德归来》中描述了旅行经历。在其中，他批评了法国商人在刚果利欲熏心的行为并希望改革。

在 1930 年代，他迅速成为了共产主义者，但在访问了前苏联后对共产主义的幻想破灭。他对于共产主义的批评使他失去了许多社会主义者朋友。

纪德于 1942 年离开法国前往非洲，直到二战结束为止一直居住在那儿。在 1947 年，他获得诺贝尔文学奖。1951 年 2 月 19 日逝世。

国籍：法国

获奖时间：1947 年

获奖作品：《田园交响曲》

获奖理由：“为了他广包性的与有艺术质地的著作，在这些著作中，他以无所畏惧的对真理的热爱，并以敏锐的心理学洞察力，呈现了人性的种种问题与处境。”

一件调查的材料

在整理文件的时候，我重又见到一封使我觉得饶有兴味并且值得保留的信的抄样。我是间或能够收到这样一封出自完全不以写作为业，绝对不想使得任何读者感动，而只凭着真理的直接而又天真的单纯的表现，远远地超出最狡猾的文士的技巧的人的手的信的。现在所说的信是我的妻兄在四年前所写。我的妻兄一直完全离开社会生活着；原是耕种者的他。特别高兴和自己所养的禽兽混在一块；除此以外，他的主要的事业是狩猎；然而像在下面这小故事里所显现的一样，他并不是没有阅读，没有好尚，没有文学修养的：

……我要一星期才能使得我在前天晚上大怒过的心平静下来。

晚餐后，贞娜和我，一同沿着赛莱河下流河岸散着步。我在一个有着芦苇，并且傍晚时候常常看到一些鸭和鸳鸯的地方，机械地瞧着那涨高起来的河水。突然，我见到水面有一个黑色不动的东西。我仿佛瞧见了一团毛和两颗凝视着我的眼睛。我非常不安地跑下了河岸，于是我看见一只不幸的狮子狗，颈上有一根被一大块石头绊牢着的绳子。狗的头浮在水面；水浸着它的嘴唇，因此它不能号叫，但它的眼睛却在哀求着。

那场面是容易想象起来的：某人，也许因为税额加到了40法郎的缘故吧，想把他的狗溺死。他以为水很深，便把它抛在离岸两米远的地方；不管他的可怜的小畜生怎样悲鸣，那混帐小子算定涨潮会把它淹死，便径自走了。我想走下水，把它捞起来，但贞娜将我拉住了。因为我刚刚吃过东西的缘故；于是我跑了五百米路，去问一些割草人，看他们愿不愿帮我一个忙，把……（此处看不清楚）的大石头搬开，并用大镰刀的柄把那泡在水里的狗撩起。其中的一个跟我来了。他说我们尽有时间，因为潮水正在退着。我们终于把狗捞起来了。它是那样困，简直站也站不稳了。我身上只有两个法郎的零钱，因此我只得拿了一张10法郎的票子给那高兴透了的割草人。随后，我便用草束揩拭那舐着我的两手的小畜生，并用贞娜的羊毛披风把它包住，跑到家里时。它到处闹着，跳跃着。于是，我把它仔细审察起来。我看出它生下地不过四个月，这是一种退化的硬毛猎犬；可是站起来已经显得太高了——看来又是一只没用的狗。于是我把我的雌犬所吃的热汤的一半倒在一只盆子里，把它带往花园的尽头。它摇着尾巴贪馋地吃着。当它吃到最后两口时，砰的一枪把它的脑盖和盆子一同击碎了。我把它埋了。贞娜对我说道："费这么大的力气……

这是应当的。即使费了这么大的力气。潮水会退走的；它要等一整晚，直到下一次涨潮时才能死去。亏了我，它看到一些人跑来拯救它，爱抚它，而当它十分暖和着，肚子里盛满了一顿很好的晚餐以后，却什么也没料到地被送往冥中了。

可是这事使我那样痛苦，因此我喝了不少的莨菪酒来镇定我的心……

把这故事念给几个朋友听了以后，我颇为诧异地见到它引起种种非常不同的反感——由热烈的赞成（"啊！怎样勇敢的人啊！他这番举动多好啊！"）以至简单地耸一耸肩。（"他见了什么鬼要这样做？这是一个疯子！他应当立刻把那狗弄死，或是在救了它以后把它收留起来。"）这后一个反感，人们可以在这故事里面看到，这即是我的妻兄对女人的反感。

我想到把这小故事寄给苏联学校里的孩子们该是有趣的事情。我特别想要懂得他们对这问题的反感，我觉得他们的反感会使人有所得的。只要我发现有可能时，我愿意在法国的学校里作着同样的试验。我以为在苏联要使这故事在学校里诵读起来，并由教师对孩子们提出问题，并不是不可能的事。这类问题举例如下："你对于X对于狗的行为作何感想？你以为他这样做是对的呢还是不对？你怎样解释他的行为呢？”最要紧的是，不用说，教师不要把他个人的反感和他自己的判断方法给小孩们知道；他得让他们全然自由地表现他们的反感，而绝不要干涉或想法子左右他们的判断。然而唯一必须告诉他们的事情是：我的妻兄是一个“收养家”，因此（也可以说因着“职业的变态”），他非常注重对象的特殊品质。这得补上一句的是：他的家境极不宽裕，他不能担任养育更多的家畜。

我以为如果这些小孩们的答案是用纸写出来的话，那么把其中最重要，最有意义的拿来发表，并不是没有益处的事。我个人是极想看到那些答案，并想知道大多数的答案是从哪方面断定的。有过这番工作之后，也许同样的儿童的调查可以在别的国家照样举行。

我知道发表这故事时，会要受到我的妻兄的猛烈的非难；可是这是他和我两人间的事。

福克纳

威廉·卡斯伯特·福克纳

威廉·卡斯伯特·福克纳（1897～1962），美国密西西比州的小说家，20世纪最有影响力的作家之一，他以长篇和中短篇小说见长，然而他同时也是一名出版诗人和编剧家。

福克纳生于密西西比州的新奥尔巴尼，从小深受密西西比河畔的影响，在气息浓厚的美国南方长大。当他四岁的时候，他全家搬到了牛津镇的附近，在那里度过了他的后半生。福克纳深受家庭传统和南方风土人情的影响。他的作品中有南方人特有的幽默感，深入刻画黑人与白人的地位、相处、矛盾等敏感问题，生动描绘出惟妙惟肖的南方人形象。

他最著名的作品有《喧哗与骚动》、《我弥留之际》、《八月之光》、《不败者》、《押沙龙，押沙龙！》等。他凭《寓言》获得过普利策奖；在他去世后凭《故事选集》获得国家图书奖。

福克纳也是一位出色的推理小说作家，出版过一系列的犯罪小说。后来他在好莱坞开始了编剧的生涯，为《夜长梦多》和海明威的《犹有似无》改编电影剧本。

1949 年他捐献了自己获得的诺贝尔文学奖奖金，要“成立一个基金以支持鼓励文学新人”，最后建立了“国际笔会/福克纳小说奖”。

福克纳从 1957 年起担任弗吉尼亚大学的驻校作家，直到 1962 年去世。

国籍：美国

获奖时间：1949 年

获奖作品：《我弥留之际》

获奖理由：“因为他对当代美国小说做出了强有力的和艺术上无与伦比的贡献。”

等待的一天

他走进屋子来关窗户的时候，我们都还躺在床上，我看到他显露出病态。他在战栗，脸色发白，走动很慢，仿佛一动就会疼痛似的。

“莎茨，你怎么了？”

“我头痛。”

“你还是躺到床上去吧。”

“不，我没事儿。”

“回到床上去。我穿好衣服就来看你。”

可是，当我来到楼下时，他还是穿着衣服，坐在火炉旁。这个九岁的小男孩，看上去病得十分可怜。我用手摸摸他的前额，才知道他在发烧。

“上床去吧，”我说，“你病了。”

“我挺好的。”他说。

医生来了之后，给孩子试了体温。

“多少度？”

“一百零二度。”

到了楼下，大夫留下三种不同颜色的药片，还有服用说明书。一种药是退烧的，另一种是泻剂，第三种是克服体内酸性状态用的。他解释说，流感细菌只能生存于酸性状态之中。关于流感，他似乎什么都知道。他说，如果热度不超过一百零四度，就用不着着急。有一点流感，只要不引起肺炎，就没有什么危险。

回到屋子我记下孩子的温度，并写下一个吃各种药的时间表。

“让我给你读点什么好吗？”

“好吧，如果您想读的话。”孩子说。他的脸色十分苍白，眼睛下面有黑晕。他安安静静地躺在床上，对于眼前发生的一切似乎很超然。

我朗读霍华德·派尔著的《海盗列传》中的一段，然而我看得出他根本没听。

“你感觉怎样，莎茨?”我问他。

“到现在为止，还没什么变化。”

我坐在床脚旁，读给自己听，等待着再给他服一次药。他要是能睡着了，那是很自然的事。然而当我抬起头时，发现他两眼直瞪瞪地望着床脚，样子有些怪。

“你为什么不想睡一会儿呢?到吃药的时候我会叫醒你的。”

“我愿意醒着呆着。”

过了一会儿，他对我说。“如果您觉得挺麻烦的话，爸爸，您不必留在这里陪我。”

“没什么麻烦的。”

“不，我是说，如果这件事将使你不安的话，您就不必留在这里。”

我想他或许是有点迷糊了，在十一点钟给他服了规定要吃的药之后，我就出去了一会儿。

那是明朗而寒冷的一天，地上的雪水都已结了冰，似乎那光秃秃的树林，那灌木丛，那采伐过的森林地带，以及所有的草地和没长草的地面都用冰漆过一般。我带着爱尔兰种的长毛猎狗出来遛遛。我们上了路，沿着冰冻的山河走着。在玻璃似的地面上站着或行走，都是很困难的。那只棕色的狗一会儿滑倒了，一会儿在地上滑行。我也摔倒了两次，摔得很重。有一次我的枪也脱了手，在冰面上滑出去很远。

高高的黏土河岸上蔓延着倒垂下来的灌木丛，我们从那下面撵起一群鹌鹑。当它们飞过河岸顶部即将消失的时候，我射中了两只。其余的有几只落到了树间，大部分却都散进了灌木丛里。需要跳上那长着灌木丛的、冰封的土墩好几次，才能把它们撵出来。由于它们是当你正站在溜滑、颤动的灌木丛上，很不稳定地保持着平衡的时候飞出来的，所以很难射中。我射中了两只，逃掉了五只，我返回了。我很高兴能在房子附近发现一群鹌鹑，等我哪天有空时再去射。

回到家，家里人告诉我说，孩子不让任何人进他的屋子。

“你们不能过来，”他说，“你们万不能传染上我的病。”

我走近他，发现他仍是我离开时的那个姿势，脸色苍白，然而两颊却烧得发红，仍旧像原来那样，静静地呆望床脚。

我给他试了体温。

“多少度?”

“大约一百度。”我说。他的体温是一百零二度四。

“是一百零二度。”他说。

“谁说的?”

“大夫”

“你的体温正常，”我说，“不必着急。”

“我不着急，”他说“只是我不能不想。”

“不必想，”我说，“别着急，慢慢来。”

“我没着急。”他说，眼睛直视前方。他显然是为了什么事在极力控制着自己。

“喝点水把这个吃下去。”

“您认为这有什么用处吗?”

“当然有用。”

我坐下来，打开《海盗列传》，读了起来。但是我发现他并没有听，就停了下来。

“您认为大约什么时候我就要死了?”他问道。

“什么?”

“还有多长时间我就得死?”

“你不会死的。——你怎么了?”

“啊，不，我会死的。我听到他说一百零二度了。”

“一百零二度的体温是不会死人的。你这是说傻话呢!”

“我已经烧到一百零二度了。”

原来从早晨九点钟开始，整整一天他都在一直等死!

“你呀，可怜的小莎莰!”我说，“那是两种不同的温度计，就像英里和公里似的。你不会死的。用那种温度计量，正常体温是三十七度；用这种温度计，是九十八度。”

“真的吗?”

“绝对没错,”我说,“这就像英里和公里一样。你知道吗,就好像我们开车一小时走七十英里等于多少公里一样。”

“噢!”他不禁喊道。

他那凝视着床脚的目光慢慢松弛,他的紧张状态终于缓和了。到第二天就完全舒缓下来了,然而,为一点毫不重要的小事,他会很容易地哭起来。

插　曲

每天中午他们都从这里路过。他穿着一套刷净的西装,戴一顶灰色的帽子,从不扣上衣领,也不扎领带。她穿一件雅致的棉织花布上衣,戴一顶阔边太阳帽。我坐在密西西比州我自己的在小山中那所粗糙简陋的小别墅前,或在木头门廊上摇摇晃晃时,见过他们好多次。

他们都至少有60岁了。他是位盲人,步履蹒跚无力。她每天带他到那座大教堂去乞讨,像平稳的水流一样说着话,用她那多节的手做着手势。日落时她又带他回来,把他带回家。直到斯普拉特林从阳台上对她打招呼,我才看到了她的脸。她左顾右盼,然后又向后面看看,没有发现我们。听到斯普拉特林第二次叫她时,她才仰起头向上看。

她的脸是褐色的,永远美丽得像个妖魔。她没有牙齿:鼻子和下巴之间可以相互一览无余。

“你很忙吗?”他问道。

“你有事?”她欢快地答道。

“我想给你写生。”

她没听懂,热切地看着他的脸。

“我想给你画一幅像。”他解释道。

“跟我来。”她立刻笑着对和她在一起的那个男人说道。他顺从而艰难地想在院子围栏那狭窄的混凝土地基上坐下。却重重地摔倒在地上。

一位过路人帮她扶他站了起来。我找了一支铅笔，就兴奋地离开了斯普拉特林，去为他找一把椅子。我看到她实际上正在哆嗦——不是因为年老，而是因为愉快的虚荣。

“艾绥斯·乔。”她命令道，他坐下了，他那无视力的脸上充满了只有盲人才了解的那种冷淡的上帝般的平静。斯普拉特林带着他写生的本子来了。她坐在已就座的那个男人旁边，把手放在他肩上。人们立刻明白他们要拍在结婚纪念日上拍的那种照片。

她又是一位新娘子了，倚仗着只有死神才能剥夺我们的优秀神话的魔力，她又一次穿上了丝织衣服（或者类似的东西），戴上了首饰、花冠和面罩，或许还有一束鲜花。她又是一位新娘子了，年轻而且美丽，她那颤抖的手放在年轻的乔的肩上。她身旁的乔又一次成为震撼她那充满恐怖、崇拜和虚荣的心灵的某种东西——有点令人害怕的东西了。

一位偶然路过的人觉察到了这一点，停下来看着他们。就是看不见的乔，通过在他肩上的她的手也感到了这一点。她的梦想使他变得年轻而且骄傲了。他也设想着在1880年那时候的男子和他的新娘拍照时的固定可行的姿势。

“不，不，”斯普拉特林告诉她，“不要那样。”她的脸色阴沉了下来。“转向他，看着他。”他赶紧补充道。

她服从了，但仍然面对着我们。

“把头也转过去，看着他。”

“但那样你就不能看到我的脸了。”她抗议了。

“不，我能。还有，我将马上画你的脸。”

她微笑着妥协了，脸上皱起数万条皱纹，像一幅蚀刻画，她占了他想要的位置。

她立刻变得像个母亲似的。她再也不是新娘了。她结婚的时间足够长了，完全明白乔既不是很可爱也不是很可敬畏的什么东西。而且正相反，他是可轻视的东西。他毕竟只是一个容易犯错误的大孩子。（你知道她到现在为止已经生过孩子——可能丢失了。）但他是她的，另外的世界或许是那么坏，所以她要使它变得最好，记住那些日子。

乔又一次通过放在他肩上的她的手领会到了她的心境，他再也不是那超众的男子了。他也记得他来到她跟前寻求安慰，带给她新的梦想的那些日子。他的高傲从他身上消失了。在她的抚摸下静静地坐在那儿，孤立无援。也不需要帮助，处在黑暗中，而且平静得像个已看到了生与死，发现了他们两者之间没有什么重要区别的上帝。

斯普拉特林画完了。

“现在该画脸了。”她很快地提醒他。眼下在她的脸上出现了某种东西，那东西不是她的脸。那上面恰好带有一种模棱两可的，不可思议的姿态。她正在摆好姿势吗？我疑惑地看着她。她正面对着斯普拉特林，但我相信她的眼睛既没看他，也没看他后面的墙。她的眼睛在沉思，而且是她自己的沉思——就好像有人在一个偶像的耳朵边低声说着一个庄重异常的笑话。

斯普拉特林画完了。她的脸变成了一位60岁妇女的脸，就像一个妖魔一样没有牙齿，兴高采烈的。她过来看那幅画，把它拿在手里。

“带钱了吗？”斯普拉特林问我。

我有15美分。她没加评论地把画还了回来，拿走了那些硬币。

“谢谢你。”她说。她拍了拍她丈夫，他站了起来。“谢谢你搬来了椅子。”她朝我点点头，并且笑了笑。我看着他们慢慢地沿着小巷走了，真想知道我在她的脸上看到了什么——或者说我看到的一切。我转向斯普拉特林。“我们看看这幅画吧。”

他正紧盯着那幅画。“喂，”他说道。我看着画，接着我清楚了在她脸上我所看到的东西。整个脸蛋画得确实同蒙娜丽莎的表情一样。

啊！女人仅仅拥有一个永恒的年龄！而且那不是年龄。

拉格奎斯特

帕尔·拉格奎斯特

帕尔·拉格奎斯特（1891～1974），出生于瑞典斯莫兰省维克舍镇一个劳动者的家庭里。1910年，拉格奎斯特进入乌普萨拉大学攻读艺术史。三年后，他突然离开学校，前往巴黎。在巴黎，他和当时的立体主义艺术结下不解之缘。当年他回到瑞典，发表了他那篇名为《文学的艺术与绘画的艺术》的专论。在文中，他大胆地抨击了当时文坛的衰微不振，这篇专论可以说是一篇现代主义的文学宣言。

拉格奎斯特的创作在一开始便有表现特征，他所追求的是主题的伟大与象征。他早年的诗集和剧本，如《苦闷》和《天堂里的秘密》，充满了对生活的恐惧与悲观情绪，力图通过人与生活的抗争来表现人的伟大与高贵。19世纪20年代后，他的悲观主义逐渐被积极的世界观所代替，1927年出版的散文集《征服生活》，表现出他对人类充满了信心，继续对人的生存状况作形而上的思考，主张用人来对抗野蛮，并对西方传统的文化信仰提出怀疑。

20世纪50年代是他文学创作的第三期，这一时期的作品几乎全都和上帝的形象、“神”的价值，以及使人具有信仰的可能性有关，其中最著名的就是他的长篇小说《大盗巴拉巴》。

拉格奎斯特从1946年起开始成为诺贝文学奖的候选人，他早在1940便已调入瑞典文学院。学院不需选聘专家撰写一份特别的研究报告，因为他的资历和成就他的同事们实在太清楚了。人们猜想，他的获奖一定很顺利地过关。终于瑞典学院将1951年文学奖的“桂冠”戴到了这位“现代古典主义巨人”的头上。

国籍：瑞典

获奖时间：1951年

获奖作品：《大盗巴拉巴》

获奖理由：“由于他在作品中为人类面临的永恒的疑难寻求解答所表现出的艺术活力和真正独立的见解。”

英雄之死

有座城市，那儿的人们总觉得任何娱乐消遣都不够过瘾。于是一家财团聘请一名男子让他在教堂塔尖上表演拿大顶，然后坠落下来摔死。为此他将拿到五十万赏钱。社会各界人士对这项活动兴趣盎然。参观票几天之内一抢而光。此事成了全市人谈话的唯一题目，每个人都认为这是个极其勇敢的创举。至于票价嘛，大家也考虑过，虽然昂贵，但还是划得来的。坠落摔死这事儿本身让你看着就够带劲儿的了，何况又是从那么高的地方摔下来呢。不过，话得说回来，你也不得不承认，钱出得是够多的了。出面安排整个活动的财团可真有点儿不遗余力，大家都为本市能有这样一家财团而感到骄傲。当然，注意力也大都集中在承担此举的那男子身上。各报记者纷至沓来，满怀激情地对他进行了采访，因为离开始表演只剩下几天时间了。他在本市第一流旅馆的套间里欣然会见了他们。“咳，对我来说，这只不过是一笔交易，”他说，“他们给我出了个价，我接受了，这你们知道。就是这么回事。”“但是，您得付出生命的代价，您就不认为这是件不幸的事吗？当然，谁都理解这是必要的，否则，就不是什么特别轰动的事件了，财团也就不会像现在这样出那么多的钱。但对您本人来说，这不可能是件愉快的事。”“对，你们说得有道理。这事我自己也反复考虑过。但是，为了钱有什么不能干的呢？”

各报根据这些谈话刊登了长篇报道，介绍这位直至当时仍然不为世人所知的人物，介绍他的经历，他对当代各种问题的看法，他的性格以及他的私生活。翻开任何一家报纸都可以看到他的照片，从照片上看得出来，他是个年轻力壮的小伙子。他身上倒没有什么特别引人注目的地方，但是他活泼潇洒，精力充沛，满脸朝气，神情坦然，是当代优秀青年的典型代表——意志坚强，身心健康。大家都在期待着这场即将到来的轰动全城的表演，每个咖啡馆里都有人在研究这位年轻人的照片。照片看上去不错，是一位令人喜欢的年轻人，女人们尤其觉得他可爱。一些较有理智的人却耸耸肩说："这事干得真绝!"然而，有一点大家是一致的：这个主意是多么荒诞、多么离奇，这样的事只有在我们这个紧张、激烈、可以牺牲一切的独特的时代才能发生。大家还一致认为，财团为了举办这项活动，使全城有机会观赏这样一场精彩表演而慷慨解囊，确实值得高度赞扬。当然，财团以昂贵的票房收入弥补了自己的支出，但是毕竟也承担着风险。

盛大的节日终于来临了。教堂四周人山人海。那种提心吊胆、焦虑不安的气氛是空前绝后的。大家都屏住呼吸。极其紧张地等候着眼前即将发生的一切。

那人跌落了下来，只有眨眼的工夫，人们为之震惊，然后就起身、上路、回家。从某种意义上说，人们感到有点失望。但这毕竟是个壮举。他只是摔死了，这事情不管怎么说都十分简单，而为此付出的代价却是昂贵的。他已经被残忍地杀害了，但这又有什么好高兴的呢？一位很有希望的青年以这种方式葬送了生命。人们悻悻地走回家。女士们撑起阳伞，遮住太阳。是啊，确实应当禁止制造这类可怕的事情。谁会从中得到快乐呢？细细想来，这一切的一切的确是惨无人道和令人愤慨的。

海明威

欧内斯特·米勒·海明威

欧内斯特·米勒·海明威（1899～1961），美国记者和作家，被认为是20世纪最著名的小说家之一。海明威出生于美国伊利诺伊州芝加哥市郊区的奥克帕克，晚年在爱达荷州凯彻姆的家中自杀身亡。海明威一生中的感情错综复杂，先后结过4次婚，是美国“迷失的一代”中的代表人物，作品中对人生、世界、社会都表现出了迷茫和彷徨。

1939年至1960年间，海明威在古巴定居，并称自己为“普通的古巴人”。在这段期间海明威写下了闻名于世的代表作《老人与海》。古巴革命成功以后，海明威曾与古巴革命的领导人菲德尔·卡斯特罗会面。

在海明威一生之中曾荣获不少奖项。他在第一次世界大战期间被授予银制勇敢勋章；1953年，他以《老人与海》一书获得普立兹奖；1954年，《老人与海》又为海明威夺得诺贝尔文学奖。2001年，海明威的

《太阳照样升起》与《永别了，武器》两部作品被美国现代图书馆列入“20 世纪中的 100 部最佳英文小说”中。

海明威的写作风格以简洁著称，对美国文学及 20 世纪文学的发展有极深远的影响；他的很多作品至今仍极具权威。

国籍：美国

获奖时间：1954 年

获奖作品：《老人与海》

获奖理由：“因为他精通于叙事艺术，突出地表现在其近著《老人与海》之中；同时也因为他对当代文体风格之影响。”

桥头的老人

一位老人戴着钢边眼镜，衣服上满是灰尘，坐在路旁。河上有座浮桥，又是大车、又是载重汽车以及男人、女人和孩子正从桥上走过。骡拉的大车蹒跚地从桥头往陡峭的河岸上爬，士兵们帮着推车轱辘。载重汽车迂回着超过了所有这一切。而农民们还在没脚的尘土中行走着。但是这位老人却坐在那儿动也不动。他实在是太疲倦了，不能往前走了。

我的任务是穿过桥到河对岸，侦察敌军已推进到了什么地方。任务完成后我又回到桥这边来。现在桥上只有不多的几辆大车和少数步行的人了，可是这位老人还是坐在那儿。

“你从哪儿来的？”我问他。

“从圣·卡罗斯来，”他一面说，一面露出微笑。

那儿是他的故乡，所以一提起就使他快活，他笑了。

“我是照看家畜的，”他解释说。

“哦，”我说，我并没有完全听明白。

“是啊，”他说，“我留下来照看家畜。我是最后一个离开圣·卡罗斯的人。”

他看来不像一个牧羊人，也不像一个看牲口的，我看了看他那满是灰尘的黑衣服和他那张风尘仆仆的灰脸，以及他的钢边眼镜，我说，“一批什么家畜？”

“各种各样的家畜，”他说，摇摇他的头。“我不得不离开它们。”

我注视着桥，和那块像非洲土地似的哀勃罗河三角洲，估摸着还有多久能看到敌人，而且静候着那神秘莫测的遭遇战开始时的喧闹，而这位老人还是坐在那儿。

“一批什么家畜？”我问。

“一共三只，”他解释说。“两头山羊和一只猫，此外还有四对鸽子。”

“你一定得离开它们吗？”我问。

“对。就是因为炮火。队长叫我走开，就是为了炮火。”

“你没有家吗？”我问，望着桥头远处，那儿有最后几辆大车从河岸的斜坡上冲下来。

“没有，”他说，“我只有说的那些家畜。猫当然没有问题。猫是会照顾自己的，但是我不能想象别的家畜会成个什么样子。”

“你是什么政党的？”我问。

“我没有什么政党，”他说。“我活了七十六岁。如今我已经走了十二公里了，我现时再也不能往远走了。”

“这儿可不是停下来的好地方，”我说。“要是你能走，到陶杜沙的岔路上，有载重汽车。”

“我要等一会儿，”他说，“过后我再走。这些载重汽车是到什么地方去的？”

“到巴塞龙纳的。”我告诉他。

“那儿我没有熟人，”他说，“但是我十分感谢你。再次谢谢你。”

他望着我茫然而又疲乏，为了向他人分散自己的忧虑，于是他说，“那只猫是没问题的，我敢肯定。对于猫没有担心的必要。可是别的，现在你想它们会怎么样？”

“啊，它们也许会平安渡过的。”

“你这样想吗？”

“是啊，”我说，注视着远远的河岸，那里现在已经没有大车了。

“可是在炮火下面它们会干什么呢？我是因为炮火才叫离开的。”

“你没有锁上鸽棚的门吗？”我问。

“是的。”

“那它们会飞的。”

“是呀，它们一定会飞的。可是另外的那些，最好不要想那些另外的，”他说。

“要是你休息好了我要走了，”我催促着。“站起来走走看。”

“谢谢你，”他说着。便站起来，身体左右摇晃着，接着又往后面尘土中坐了下去。

"我是照看家畜的，"他无精打采地说着，但不再是对着我了。"我只是照看家畜的。"

对于他已经没有什么事儿可做了。这天是复活节的礼拜天，而法西斯分子正向哀勃罗推进着。这是个漫天灰色的日子，云层很低，所以他们的飞机无法起飞。这点以及猫懂得照顾自己，就是这位老人所能有的好运气了。

雨里的猫

旅馆里，留宿的美国客人，只有两个。他们打房间里出出进进，经过楼梯时，一路上，对任何人都不招呼。他们的房间就在面向海的二楼。房间还面对一个公园和战争纪念碑。公园里有大棕榈树，绿色的长椅。天气好的时候，常常可以看到一个带着画架的艺术家。艺术家们都喜欢棕榈树那种长势，喜欢面对着公园和海的旅馆的那种鲜艳的色彩。意大利人老远赶来望着战争纪念碑。纪念碑是用青铜铸成的，在雨里闪闪发光。天正在下雨。雨水打棕榈树上滴下来。石子路上有一潭潭的积水。海水夹着雨滚滚地冲了过来，又顺着海滩滑回去，再过一会儿，又夹着雨滚滚地冲过来。停在战争纪念碑旁边广场上的汽车都开走了。广场对面，一个侍者站在餐馆门口望着空荡荡的广场。

那个美国太太站在窗边眺望，在外边。就在他们的窗子底下，一只猫蜷缩在一张雨水淌滴的绿色桌子下面。那只猫拼命要把身子缩紧，不让滴着雨水。

"我要下去捉那只小猫。"美国太太说。

"我去捉。"她丈夫从床上说。

"不。我去捉。外边那只可怜的小猫想躲在桌子底下，不让淋湿。"

做丈夫的继续在看书，他枕着垫得高高的两只枕头，躺在床脚那儿。"别淋湿了。"他说。太太下楼去，她走过办公室时，旅馆主人站了起来，向她哈哈腰。主人的写字台就在办公室那一头。他是个老头儿，个子很高。

“下雨啦。”太太说。她喜欢这个旅馆老板。

“是，是，太太，坏天气。天气很不好。”

他站在昏暗的房间那一头的写字台后面。这个太太喜欢他。她喜欢他听到任何怨言时那种非常认真的态度；她喜欢他那庄严的态度；她喜欢他愿意为她效劳的态度；她喜欢他那觉得自己是个旅馆老板的态度。她喜欢他那张上了年纪而迟钝的脸和那一双大手。

她一面觉得喜欢他，一面打开了门，向外张望。雨下得更大了。有个披着橡皮披肩的人正穿过空荡荡的广场，向餐馆走去。那只猫大概就在这附近右边。也许她可以沿着屋檐底下走去。正当她站在门口时，在她背后一顶伞张开来。原来是那个照料他们房间的侍女。

“一定不能让你淋湿，”她面呈笑容，操意大利语说。自然是那个旅馆老板差她来的。

她由侍女撑着伞遮住她，沿着石子路走到她们的窗底下。桌子就在那儿，在雨里给淋成鲜绿色，可是，那只猫不见了，她突然感到大失所望。那个侍女抬头望着她。

“您丢了什么东西啦。太太？”

“有一只猫。”年轻的美国太太说。

“猫？”

“是，猫。”

“猫？”侍女哈哈一笑。“在雨里的一只猫？”

“是呀，”她说，“在这桌子底下。”接着，“啊，我多么想要它。我要那只小猫。”

她说英语的时候，侍女的脸顿时绷紧起来。

“来，太太，”她说，“我们必须回到里面去，你要淋湿了。”

“我想是这样。”年轻的美国太太说。

她们沿着石路走回去，进了门。侍女呆在外面，把伞收拢。美国太太经过办公室时，老板在写字台那边向她哈哈腰。太太心里感到有点儿无聊和尴尬。这个老板使她觉得自己十分无聊，同时又确实很了不起。

她刹那间觉得自己极其了不起。她登上楼梯。她打开房门。乔治在床上看书。

“猫捉到啦?”他放下书本，问道。

“跑啦。”

“会跑到哪里去。”他说，不看书了，好休息一下眼睛。

她在床上坐下。

“我多么想要那只猫，”她说。“我不知道我干吗那么想要那只猫。我要那只可怜的小猫。做一只呆在雨里的可怜的小猫，可不是什么有趣的事儿。”

乔治又在看书了。

她走过去，坐在梳妆台镜子前，拿着手镜照照自己。她端详一下自己的侧影，先看看这一边，又看看另一边。接着，她又端详一下后脑勺和脖子。

“要是我把头发留起来，你不认为这是个好主意吗?”她问道，又看看自己的侧影。

乔治抬起头来，看她的颈窝，像个男孩子那样，头发剪得很短。

“我喜欢这样子。”

“我可对它很厌腻了，”她说。“样子像个男孩子，叫我很厌腻了。”

乔治在床上换个姿势。打从她开始说话到如今，他眼睛一直没有离开过她。

“你真漂亮极了。”他说。

她把镜子放在梳妆台上，走到窗边，向外张望。天逐渐见黑了。

“我要把我的头发往后扎得又紧又光滑，在后脑勺扎个大结儿，可以让你摸摸，”她说。“我真要有一只小猫来坐在我膝头上，我一抚摩它，它就喵喵叫起来。”

“是吗?”乔治在床上说。

“我还要用自己的银器来吃饭，我要点上蜡烛。我还要现在是春天，我要对着镜子梳头，我要一只小猫，我要几件新衣服。”

“啊，住口，找点东西来看看吧。”乔治说。他又在看书了。

他妻子往窗外望。这会儿，天很黑了，雨仍在打着棕榈树。

“总之，我要一只猫，”她说，“我要一只猫，我现在要一只猫。要是我不能有长头发，也不能有任何有趣的东西，我总可以有只猫吧。”

乔治不再听她说话。他在看书。他妻子望着窗外，广场上已经亮灯了。

有人在敲门。

“请进，”乔治说。他从书本上抬起眼来。

那个侍女站在门口，她紧抱着一只大玳瑁猫，小心放了下来。

“对不起，”她说，“老板要我把这只猫送来给太太。”

三声枪响

尼克正在营帐里脱衣服。他看见他父亲和乔治叔叔的身影衬着火光投在帐篷的帆布上。他觉得非常不安，感到羞耻，快快脱了衣服，整整齐齐叠放在一边。他感到羞耻，是因为他边脱衣服边想起前一天晚上的事情。今天一整天他不去想这件事。

前一天晚上，他父亲和叔叔吃完晚饭拎着手提灯到湖上去打渔。他们把船推到水里之前，父亲同他说，他们走了之后，如果发生什么紧急情况，他可以打三下枪，他们就会回来的。尼克从湖边穿过林子回到营地。他听得见黑夜中船上划桨的声音。他父亲在划桨，他叔叔在船尾唱歌。他父亲将船推出去的时候，叔叔已经拿着钓竿坐定在那里了。尼克听他们往湖上划去，后来听不见桨声了。

尼克穿过林子回来的时候害怕起来。他在黑夜总有点怕森林。他打开营帐的吊门，脱掉衣服，静静地躺在毯子里。外面的篝火烧成一堆炭了。尼克静静躺着，想入睡。四下没有一点声音。尼克觉得，他只要听见一只狐狸、一只猫头鹰或者别的动物的叫声，他就没事了。只要拿准是什么声音，他就不害怕。可现在他非常害怕。突然之间，他害怕自己死掉。几个星期之前，在家乡的教堂里，他们唱过一支圣歌：“银线迟早会断”。他们在唱的时候，尼克明白他迟早是要死的。想到他自己总有死的一天，在他是头一次。

那天夜里，他坐在客厅里借灯读《鲁滨逊漂流记》，免得去想银线迟早会断这件事。保姆看见了，说他如果不去睡觉，要去告诉他父亲。他进去睡了，可一等保姆回到自己屋里。又来到客厅看书，一直看到早晨。

昨天夜里他在营帐里感觉到的害怕同那天是一样的。他只有夜里才有这种感觉。开始不是害怕，而是一种领悟。可它总是挨着害怕的边儿，只要开了头，它马上变成害怕。等到真正害怕的时候，他拿起枪，把枪口伸出在营帐前面，放了三下。枪反冲得厉害。他听见子弹穿过树干、树干割裂的声音。他放完枪就放心了。

他躺下等父亲回来，没等他父亲和叔叔在湖那一头灭掉手提灯，他已经睡着了。

“该死的小鬼，”乔治叔叔往回划的时候骂道。“你跟他怎么说的，叫我们回去干什么？说不定他是害怕什么东西。”

乔治叔叔是个打渔迷，是他父亲的弟弟。

“啊，是啊。他还小，”他父亲说。

“根本不该让他跟我们到林子里来。”

“我知道他很胆小，”他父亲说，“不过我们在他那个年龄都胆小。”

“我受不了他，”乔治说。“他这么会撒谎。”

“好了，算了吧。反正鱼够你打的。”

他们走进帐篷，乔治叔叔用手电筒照尼克的眼睛。

“怎么啦，尼克？”他父亲问。尼克从床上坐起来。

“这声音介乎狐狸和狼之间，在帐篷外面打转，”尼克说。“有点像狐狸，更像狼。”“介乎……之间”这个词是当天从他叔叔嘴里学来的。

“他可能听到猫头鹰尖叫。”乔治叔叔说。

早晨，他父亲发现有两大棵树交错在一起，有风就会互相碰撞。

“你看是不是这声音，尼克？”父亲问。

“也许是，”尼克说。他不想去想这件事。

“以后到林子里来不用害怕，尼克。不会有什么东西伤害你的。”

“打雷也不用怕?”尼克问。

“不用怕，打雷也不用怕。碰到大雷雨，你就到空地上去或者躲在毛榉树底下。雷绝对打不到你。”

“绝对?”尼克问。

“我从未听说打死过人。”他父亲说。

“哈，毛榉树管用，太好了。”尼克说。

眼下他又在营帐里脱衣服。他注意到墙上两个人的影子，但是他不去看他们。接着他听见船拖到岸边，两个人影不见了。他听见他父亲同什么人在说话。

接着他父亲叫道：“穿衣服，尼克。”

他快快穿上衣服。他父亲进来，在露营袋里摸索。

“穿上大衣，尼克。”他父亲说。

史坦贝克

约翰·史坦贝克

约翰·史坦贝克（1902～1968），20 世纪美国作家，是 20 世纪美国最知名、阅读得最广的作家之一。史坦贝克出生于加州沙林纳斯，1962 年以作品《人鼠之间》获诺贝尔文学奖，1939 年以《愤怒的葡萄》获普利兹奖。

史坦贝克的作品多描写大萧条时期的平民阶级及移民工人的生活，他的作品里经常出现在生活中挣扎的人物，被认为是受了自然主义文学的影响。他的故事和人物都是来自 20 世纪上半叶时真正存在的历史环境和事件。他的小说反映了他广泛的兴趣，比如海洋生物学、爵士乐、政治、哲学、历史和神话。

他的 17 部作品，包括《人鼠之间》（1937 年）、《珍珠》（1947 年）、《伊甸园东》（1955 年）等都曾被好莱坞搬上银幕，而史坦贝克自己写的剧本也有相当的好评，他给阿尔弗雷德·希区柯克的电影《救生艇》写的剧本曾经在 1945 年得到奥斯卡金像奖最佳剧本奖的提名。

很多人认为他是一个地方主义者、自然主义者、神秘主义者，也是无产阶级作家。他也因为同情当时的移民工人而得到广泛的尊敬。

国籍：美国

获奖时间：1962 年

获奖作品：《人鼠之间》

获奖理由："通过现实主义的、寓于想象的创作，表现出富于同情的幽默和对社会的敏感观察。"

开小差

斯莱戈和他的朋友没精打彩地消磨着他们四十八小时的假期。阿尔及利亚的酒吧间八点钟打烊，可他们在打烊前就喝得有几分醉意了。他们带了一瓶酒，来到海滩上躺下。夜晚的气候温暖宜人，两个人喝完了第二瓶酒后，就脱去衣服，蹦入平静的海水，蹲下身子，坐进水里，仅留脑袋露在水面。“嗳，老弟，真够美气的。”斯莱戈说，“有些家伙花了很多钱来这里，就是为了这玩意，可我们没花一个子儿就来这里了。”

“我倒宁愿呆在十号街自己家中。”朋友说，“我情愿在那儿而不愿在其他任何地方。我要看到我老婆，我要看到今年美国的棒球联赛。”

“你可能还要一记耳光。”斯莱戈说。

“我要到希腊人开的饮食店里去，喝上一杯双料的巧克力，里面含有麦精和六个鸡蛋。”朋友边说边稍微浮起身子，以免海水灌进嘴里，“这地方太叫人闷得慌，我喜欢科尼。”

“那儿尽是游人。”斯莱戈接着说。

“这地方太叫人闷得慌了。”朋友又重复了一遍。

“谈起棒球联赛，我倒真想去打它一场。”斯莱戈说，“现在一个人总禁不住想要开小差逃跑。”

“就算你跑掉了，但你究竟跑到哪个地方去呢？无处可去呀！”

“我要回家，”斯莱戈说，“我要观看棒球联赛，我要第一个来到看台上，就像一九四〇年那样。”

“你不可能回家。”朋友说，“没有法子回家。”

刚喝下肚的酒给斯莱戈带来阵阵暖气，温和的海水使他十分惬意。“我有钱，我能回去。”他脱口冒了一句。

“多少钱？”

“二十块。”

“你不会有钱的。”朋友说。

"你要打赌?"

"打赌就打赌，你什么时候给钱?"

"我才不会给钱哩，是你给钱。让我们上岸抓紧时间打个盹儿吧……"

码头上停泊着几条船，这些船运来了登陆艇、坦克和部队，此刻，这些船在码头上装运废钢烂铁，还有从北非战场上运来的损坏的军事装备，这些东西将送到高炉中熔炼，制造更多的坦克和登陆艇。斯莱戈和他朋友坐在一堆木条箱上，看着这些船。这时，从高地上下来了一支分遣队，他们押着一百名要装上船运到纽约去的意大利俘虏。一些俘虏衣衫褴褛，有的衣服太破，而且破的不是地方。他们穿着美式卡其军服。所有俘虏看上去没有人对去美国而愁眉苦脸。他们来到跳板跟前站住了，等候着上船的命令。

"看他们，"朋友说，"他们要去美国而我们却要呆在国外。你在干什么，斯莱戈?为什么你把油一个劲地往裤子上擦呢?"

"二十块，"斯莱戈说，"我还会找到你要钱的。"他站起来，扯下头上外国产的帽子，扔给他的朋友。"老弟，就送给你吧。"

"你要干什么，斯莱戈?"

"不要跟着我，你这个笨蛋。二十块，不要忘了。再会，在十号街再跟你见面。"

朋友看着他向前走去，迷惑不解。斯莱戈穿着油污的裤子和撕破的衬衫向前走着，离俘虏越来越近。趁人们未注意时，他突然挤进俘虏中，然后光着头站在那儿，掉头看着他的朋友。

上船的命令传下来了，分遣队的士兵们押着俘虏上了跳板。斯莱戈发出哀怨的声音："我不该在这儿，哎，你们不要把我带到船上。"话中夹杂着一些意大利的口音。

"住嘴，劣种。"一个士兵对他咆哮着，"我不在乎你是不是确在布鲁克林住了十六年。上跳板!"他把假装不愿走的斯莱戈推上了跳板。

朋友在那堆木条箱上羡慕地看着。他看到斯莱戈走到船的栏杆前，他看到斯莱戈还在申辩，挣扎着要回到码头上，他听到他尖叫着。"哎，我是美国人，美国士兵，你们不能把我带到船上。"话中又夹杂着一些意大利的口音。

朋友看到斯莱戈还在挣扎，接着看到他大功告成。斯莱戈先打了一个士兵一拳，那挨打的士兵举起军棍，照着斯莱戈的脑袋砸下，他的朋友倒在船上，然后，被抬走了。

“这个狗娘养的，”朋友独自咕哝着，“这个狗娘养的真有一手，他们不会一点儿不想法救他的，这事发生时还有其他人在场。唷，天啊，这个狗娘养的牵挂着那二十块钱哩。”

斯莱戈的朋友坐在木箱上好长时间，直到船解缆，拖船把它拖离开反潜网，他才离开那地方。他看到那条船编进船队，又看到几艘驱逐舰驶到附近，为船队护航。他沮丧地跑到城里，买了一瓶阿尔及利亚酒，转身向海滩走去。他要以睡眠来打发这四十八小时的假期。

早　餐

我每想起这件事心中总有一种愉快、满足之感。说来也怪，连最小的细节至今仍历历在目。我曾多次追忆这件事，而每次都能在记忆中的朦胧处想起一个新细节，这时，那种美妙温馨的快感就油然而生。

那是凌晨时分，东边的山峦仍是一片蓝黑色，但山背后却已晨曦微露，一抹淡淡的红色渲染着山峦的边缘处。当这缕红色的光往高空移升时，它的色泽越变越冷、越淡、越暗。当它接近西边天际时，就逐渐和漆黑的夜空融为一体了。

天很冷，虽然算不得刺骨严寒但也冻得我拱背缩肩，拖曳着双足，把两手搓热后插进裤兜里。我置身其中的这座山谷，泥土现在呈拂晓时特有的灰紫色。我沿着一条乡间土路往前走，突然看见前方有一座颜色比泥土略淡的帐篷。帐篷旁，橘红色的火苗在一只生锈的小铁炉的缝隙中闪烁。短而粗的烟筒喷出一股灰色的浓烟，烟柱向上直直升起，过了好一会才在空中飘散。

我看见火炉旁有位青年妇女，不，是位姑娘。她身穿一件褪色的布衣裙，外面罩着一件背心。我走近后才发现她那只弯曲着的胳膊正搂抱着一个婴儿，婴儿的头暖暖和和地包在背心里面，小嘴正在吮奶，这位母亲不停地转来转去，一会儿掀开长锈的炉盖以加强通风，一会儿拉开烤箱上的门，而那个婴儿一直在吮奶。婴儿既不影响她干活，也没影响她转动时轻捷优美的姿态，因为她每个动作都准确而娴熟。从铁炉缝隙中透露出的橘红色的火苗把跳动着的黑影投映在帐篷上。

我走近时，一股煎咸肉和烤面包的香味扑面而来，我认为这是世界上最令人感到愉快和温暖的气味。这时，东边的天空已亮起来，我走近火炉，伸出手去烤火，一触到暖气，全身立刻震颤一下。突然帐篷的门帘向上一掀，走出个青年，后面跟着一位长者。他俩都穿着崭新的粗蓝布和钉着闪亮的铜钮扣的粗蓝布外套。两人长得十分相像，都是瘦长脸。

年轻的蓄着黑短髭，年长的蓄着花白短髭，两人的头部和脸部都是水淋淋的，头发上滴着水，短髭上挂着水珠，面颊上闪着水光。他二人默默地站在一起望着逐渐亮起来的东方，他们一同打了个哈欠，一同看着山边的亮处。他们一回身看见了我。

“早，”年长的那位说。他脸上表情既不太亲热也不太冷淡。

“早，先生。”我说。

“早。”青年说。

他们脸上的水渍还没完全干，两人一同来到火炉边烤手。

姑娘不停手地干活，她把脸避开人，聚精会神地干手里的活。她那梳得平平整整的长发扎成一束垂在背后，干活时，发束随着她的动作甩来甩去。她把几只马口铁水杯、几只铁盘和几份刀叉放在一只大包装箱上，然后从油锅里捞出煎好的咸肉片，放在一只平底大铁盘上，卷曲起来沙沙作响的咸肉片看上去又松又脆。她打开生锈的铁烤箱，取出一只正方形的盘子，盘子上面摆满用发酵粉发得松松的大面包。

热面包香气扑鼻。两位男人深深地吸了口气，年轻人低声说：“耶稣基督！”

年长的人回头对我说：“你吃过早饭吗？”

“没有。”

“那就跟我们一起吃吧。”

这就是邀请了，我同他们一块走到包装箱旁，围着箱子蹲在地上。青年问道：“你也去摘棉花吗？”

“不。”

“我们已经摘了12天了。”

姑娘从火炉那边说：“还领到了新衣服呢。”

两个男人低头瞧着新衣裤，一同笑了。

姑娘摆上那盘咸肉，大个的黑面包，一碗咸肉汁和一壶咖啡，然后自己也蹲在纸箱旁。婴儿的头部暖暖和和地包在背心里面，还在吮奶，我听见小嘴吮奶时的咂咂声。

我们都在自己的盘子上放满面包和咸肉，在面包上浇上肉汁，在咖啡杯里放了糖。那位长者把嘴填得满满的，细细咀嚼了很久才咽下去。于是他说，“全能的上帝，真好吃！”接着他又把嘴填满。

年轻人说：“我们吃了12天好的了。”

这时，每个人都在狼吞虎咽，都把再次放在自己盘上的面包和咸肉又一下子吃得精光，一直吃得每个人都肚里饱饱的、身上暖暖的。热咖啡把咽喉烫得火辣，但我们把剩在杯底的咖啡连同渣子一块儿泼在地上后又把杯子斟满。

阳光现在有了色彩，但这种发红的亮光反而使天空显得更寒冷。那两个男人面对东方，晨曦把他们的脸照得闪闪发亮。我抬头望了一会，看见老者的眼球上映着一座山峦的影子和正爬越过那座山峰的亮光。

两位男人把杯里的咖啡渣倒在地上，一同站起身。年长的人说：“该走了。”

年轻的人转向我，“你要是愿意摘棉花，我们可以帮个忙。”

“不啦，我还得赶路。谢谢你们的早饭。”

长者摆了摆手。“不用谢，你来我们很高兴。”他们俩一同走了。东方的天际这时正燃起一片火红的朝霞，我独自顺着那条乡间土路继续向前走去。

事情就是这些，它之所以令人感到愉快是显而易见的，但它本身具有一种无与伦比的美，因此，我每次回忆时总有一股暖流袭上心头。

他的父亲

他是一个快要满 7 岁的好强的孩子。他的头发又直又硬地披在额上。遇到烦恼的时候，他的眼睛总爱睁得圆圆的，有点显得一个大一个小，但最近这情形似乎比去年好了些，因为他家中的空气没有从前那么可怕，他觉得愉快得多了。

有一个时期真糟极了，他每次经过那空气紧张的他父母的房间到自己卧室去的时候，便感到畏缩。现在这情形总算没有了。并且夜间也不再躺在床上倾听那些可怕的声音——也不能算是什么声音，只可说是一种他所不敢去追问的痛苦的流露。家中一切都好了。现在糟糕的是那街上，孩子们都发觉了他家庭的情形。

他坐在门口石阶上，看街上往来的汽车，一辆接着一辆，望不到头也望不见尾，遇见红灯亮了，所有的车辆都一齐停了下来，等绿灯亮了，又立刻继续向前走着。

他远远地便认出那边走来的是阿尔文了，忽然身上感到一阵战栗。其实阿尔文并没有说过什么，任何孩子都没有说过什么，只是他们眼睛里的那种表情，只是他们对他的那种看法，都充满了使人激愤的羞辱。起初，他总是跑开，自己躲起来玩，但是你不能随时跑开，并且那样是很孤单闷人的。

开端的不一定是阿尔文，也许是麦克思，也许是乔治，也许是其他的孩子，也许是他们同时发觉的。

这是有一天他坐在门口的石阶上，街上照常是那些汽车、三轮车、小孩车子和保姆，还有几个大的孩子隔着马路在往来的人群头上把网球抛来抛去地玩着。

忽然那些孩子中间的一个——是阿尔文还是别人呢？这是没有什么关系的——说：

“你的父亲到哪里去了？”

他应该回答说：“他出去旅行了。”但是他没有这样做。这询问使他气得肚子涨起来。他明白这询问的意思，他知道这纯粹是残酷。那些孩子也没有再问下去，只互相唧唧喳喳地讲着笑着揶揄着，他们原来的意思就是要这样的。

他的父亲是出去旅行过的——旅行过不知多少次了，但这次绝不是旅行，他很明白，并且他知道他们也明白。所以他全然不理他们的询问。

这时有三个孩子忽然唱歌似地一齐说着：“你的父亲到哪里去了——你的父亲到哪里去了——你的父亲到哪里去了？”

他被捉弄得发了慌，便撒起谎来，说：“他在家里。”

“是吗？为什么没有人看见他？”这次说话的一点不错是阿尔文。

“他在房里工作，没有事，他是不愿出来的。”

这样说了之后，他忽然觉得迷惑起来。他觉得这辩护是对的，他甚至于想象着他说的话也许是真的，他想回到家里去看看——到顶楼上，到洗衣室里或是花园角上那矮树后面看看去。

那些隔着马路抛球的大孩子中间的一个，忽然停住了抛球，说：

“他不敢承认，他们离婚了！”说完仍继续抛起球来。

正是这话——这可怕的话，这没有人敢公开告诉他的话。他从来问也不敢去问，因为这是可怕的，没有人愿意说到它。

于是，他好像听见自己在一遍又一遍地喊着：“他在家里！他在家里！他在家里！”又好像看见自己去向他们挑战，当他们笑他捉弄他的时候，他便向他们一个一个打了过去。一切就像平时将要睡着时看见的事物一样，但这一定是真实的，因为他的母亲忽然从房里跑了出来，把他抱到他的房里去了，并且还念故事给他听，但他没有听见她念的是什么。

一定有什么事发生过，从那次以后，再没有谁讲那话了。不过还是常常含在他们的眼睛里。倒是他们说出来还好点，那样他可以去打他们。但是他们不肯说出来，连阿尔文也不说了。这使他无法去表白，“他的的确确是在家里工作。”或是“我上次是说谎——他是旅行去了。”一切只能闷在心里，闷得难受。他独自一个人的时候，还能把这忘记了，但一遇见他们看他的时候便不能了。

他坐在石阶上，把脚后跟在石头上踢蹬着，这是很容易把鞋子弄坏的，并且是很坏的习惯。他一面踢着，一面望着那经过的车辆，在他的左边，他看见那卖报的汤尼从他的小店里走出来，把晚报摆到木架子上。从转弯的地方走来两个女孩，走进汤尼的店里去。

他知道阿尔文要来了。他曾经看见他从隔两排房子远的地方拐弯向着这边走来——现在还有一排半房子的距离。他想慢慢地站起来，等阿尔文走近的时候，对着他的脸打去。他用左手试了试右手握紧的拳头。

这时他的胸中忽然有一种奇异的感觉——一种要炸裂似的感觉，这是那边那个有点相像的人影引来的。他再注意地望过去，果然是的。他的父亲从那拐角上很快地向着他走来了，还是一向肩头有点摇摆的那种走法。

心跳得使他瘫软了。他屏住了呼吸。他的脚也不再踢蹬了。他的下巴一直垂到胸前。

他闭起了眼睛。

他听见他父亲走在人行道上的脚步声，那脚步声到了他面前停止了。他觉得出他父亲也在石阶上在他的身边坐下来了。

他的父亲说："喂!"

他也轻轻地说了声"喂"，仍旧把眼低垂着。

过了一会儿，他忽然抬起眼来大声地喊着：

"我父亲在这里！你们不是要看他吗?"

川端康成

川端康成

川端康成（1899～1972），日本现代小说家，出生在大阪。幼年父母双亡，后祖父母和姐姐又陆续病故，孤独忧郁伴其一生，这些反映在了他的创作中。他在东京大学国文专业学习时，参与复刊《新思潮》（第6次）杂志。1924年毕业。同年他和横光利一等创办《文艺时代》杂志，后成为由此诞生的新感觉派的中心人物之一。新感觉派衰落后，他参加新兴艺术派和新心理主义文学运动，一生创作小说100多篇，中短篇多于长篇。作品富抒情性，追求人生升华的美，并深受佛教思想和虚无主义影响。早期多以下层女性作为小说的主人公，写她们的纯洁和不幸。后期一些作品写了近亲之间，甚至老人的变态情爱心理，表现出颓废的一面。

成名作小说《伊豆的舞女》（1926）描写一个高中生“我”和流浪人的感伤及不幸生活。名作《雪国》（1935～1937）描写了雪国底层女性形体和精神上的纯洁和美，以及作家深沉的虚无感。其他作品还有《浅草红团》（1929～1930）、《水晶幻想》（1931）、《千只鹤》（1949～1951）、《山之音》（1949～1954）和《古都》（1961～1962）等。川端担任过国际笔会副会长、日本笔会会长等职。1957年被选为日本艺术院会员。曾获日本政府的文化勋章、法国政府的文化艺术勋章等。1968年获诺贝尔文学奖。

1970年三岛由纪夫切腹自杀，不少作家赶到现场，只有川端康成获准进入。川端很受刺激，对学生表示："被砍下脑袋的应该是我"。三岛自杀之后17个月，他也选择含煤气管自杀，未留下只字遗书。两人相继自杀留给了后人无数的疑问。

国籍：日本

获奖时间：1968年

获奖作品：《雪国》、《千只鹤》、《古都》

获奖理由："由于他高超的叙事性作品以非凡的敏锐表现了日本人精神特质。"

不　死

一位老人和一位少女在走着。

这两个人，令人感到奇怪的地方着实不少。年龄可能相差六十多岁，然而他们却毫无顾忌，像一对情侣似地紧紧挨着。老人的耳朵不好，少女讲的话几乎都听不见。少女身着紫白相间的箭状细花纹布和服，袖口稍长，下面套着一条红里透紫的裙子。老人的衣服有点像割草女人穿的那种，但没有手背套和绑腿，加上那种木棉的圆筒袖和扎腿的劳动服，看上去活像女人。因为衣服的缘故，老人本来细瘦的腰围却显得肥大了。

他们走过草地，不远处张着一张宽大的铁丝网，再往前走，就要碰上了，他们就像没看到一样，依然脚不停步。一下子打铁丝网穿了过去，简直像一阵微风……

尔后，少女才发现了铁丝网。

“唉?”她诧异地看着老人，“新太郎君也能穿过来?”

老人没听到，伸手抓住铁丝网。

“这个家伙，这个家伙，”他摇晃着铁丝网叫道。因为用力过猛，在按上去的刹那间，高大的铁丝网向前移动，老人抓住铁丝网，踉踉跄跄向前倒去。

“危险啊，新太郎君，怎么啦?”少女扶着老人的胸口支撑住，“把手从铁丝网放开……轻点……”

老人费劲地站了起来，艰难地喘着气，“好了，谢谢你。”说罢，又抓起了铁丝网。但这回是用一只手，轻轻地……然后，用聋人惯用的高嗓门叫道：“我年复一年在这铁丝网里拾球，多长的岁月啊，十七年啦!”

“只有十七年，就算长了? 短着呢!”

“那些人随意地啪啪打球，那玩艺一碰上网就发出声音，在还没习惯的日子里，我常常害怕得把头缩起来，就因为那声音，我成了聋子，这混蛋。”

在高尔夫练球场，铁丝网是为拾球的人护身而设置的，铁丝网下面装有轮子，可以前后左右移动。跑道和旁边的练球场，现在已被许多树隔开，这里原来是一片宽广的杂木林，后来被人们砍伐得零零落落的。

两人离开铁丝网后，又迈步走去。

“真令人想念啊，这海洋的波涛声，我听见了。”少女把嘴巴贴在他的耳朵上，“您听得见这令人想念的波涛声吗？”

“什么？”老人闭上眼睛，“这是美佐子甜蜜的呼吸声，同过去一模一样。”

“这令人思念的海洋波涛声，您听不见？”

“海，海洋？令人思念？自己葬身的海，为什么令人思念？”

“令人思念啊！隔了五十五年。我一回到家乡，新太郎君也回来了。令人思念啊！”老人还是没有听到。“我总算跳到海里去了，我在跳海时也同样想着新太郎君的事儿……从那以后，无论是我的记忆和回想的事，都只有十八岁以前的事。新太郎君永远是年轻的，要不是我十八岁投了海，现在回到故乡会面，我就是个老婆子了，那将多么令人讨厌，真不能同新太郎君相见。”

聋子老人自言自语地说：“我来到东京后，很不走运，在年老不中用时，只得回到家乡。过去，让姑娘离开了我，我悲痛欲绝，请求高尔夫球场雇用我，因为球场就设在姑娘当年葬身的大海上面，我苦苦地哀求，请他们给我一点慈悲……”

“这一带，可是新太郎君家里的山林哪。”

“我只会在练球场拾拾球，腰一直弯着，可痛死我了。曾有一位姑娘为了我，投入了大海，那个岩石的断崖就在身旁，我虽已步履蹒跚，但还能跳进海里的，真想一跳了事啊！”

“那可不行，您得好好活下去。新太郎君如果死去的话，在这个世界上，可没人再会像新太郎君那样来思念美佐子了，我不是已经的的确确死了？”尽管少女倚着老人说，但他还是听不到。

然而，老人抱起了扶住他的少女。“是啊，咱们一块死吧，这次……你是来接我的吗？”

“一起？不，要活，活下去，新太郎君，为了我……”少女隔着老人的肩膀，抬起眼睛高声叫道：“啊，那些大树还在哪，那三棵都同过去一样，真令人思念。”姑娘指着那些树，老人的目光也投向大树。

“打高尔夫球的那些家伙，害怕那些树，命令砍掉它们，说什么打起来的球，会向右转去，像是被树的魔力吸引过去似的。”

“那些高尔夫球客，没有多少日子就死去啦。比这些矗立了几百年的树木先死，人的寿命可真短促哪！”

“几百年来，我的祖先精心爱护这些树，因而我以不许砍伐这三棵树为条件，把这地方卖掉了。”

“我们一起去吧。”姑娘拉着老人的手，缓缓向大树走去。

姑娘一下子就从大树干中穿过去了，老人也穿了过去。

“什么？”少女奇怪地凝视着老人，“新太郎君也死了，你也死了？什么时候？”

“……”

“死了，真的吗？在阴间怎么没见到？真怪啊，快，我们再试一下吧，看看究竟死了没有。新太郎君要是死了的话，我们就可以一块跑到树里去了。”

老人和姑娘在大树干里消失了，再也没有跑出来。

三棵大树后面，细小的树木上开始漂浮起夕阳的余辉，在传来海浪波涛声的对面天空，朦朦胧胧地罩着淡淡的红里透黑的色彩。

红　梅

父亲和母亲坐在地炉旁，一边看着古树枝头绽开的两三朵梅花，一边争论着。

“这棵红梅自打你嫁过来，几十年间毫无变化，总是下边那根枝先开花。”父亲说。“我可没记得。”母亲没有附和父亲的感慨，对此，似乎父亲不大服气。“自打进了这家门儿，就没有过赏梅的空闲。”“你呀，就是稀里糊涂地过了这么多年。”说完这些，想到与红梅的寿命相比，还是人的一生短暂，父亲就没兴致再继续感慨了。

不知道什么时候，话题又转到正月的点心上来了。

父亲说他正月初二，在风月堂买回了点心，母亲却强调没有那回事儿。

“怎么的了，你那天让车在明治点心店等候，后来我们又乘车去风月堂。确实在两家都买了点心。”

“明治点心店是买了。可是，自打我到这个家，就根本没见你在风月堂买了什么。”

“不要夸大其辞嘛！”

“当然，你并没有交给我。”

“何必装糊涂，新年时你不也吃了吗？就是买了！”

“真讨厌，大白天说梦话，你不觉得害羞？”

“难道是我……”

此时女儿正在厨房准备午饭，他们的谈话听得一清二楚。她知道内情，但又不想插嘴，只是笑眯眯地站在炉灶旁。

“确实是你拿家来了吗？”

到头来，母亲似乎只承认父亲在风月堂买了点心。

“我没看见。”

“是拿回来了呀……莫非忘在车上了？”

看来，父亲对自己的记忆力也有些动摇。

“可是……那是你们公司的车，若是忘在车上，司机会送上门来，决不能自己偷偷拿走呀！”

“说的也对！”

听到这儿，女儿心中有些不安。

奇怪的是母亲把事情忘得一干二净。父亲听了母亲的争辩，竟然失去了自信，也令人可笑。

父亲在正月初二乘车出门，确实在风月堂买了好多点心回来，母亲也吃了不少。

经过一段沉默，母亲像是突然想起了什么，非常爽快地说："啊！是糯米面小饼！你是买过糯米面小饼。"

"可不。"

"黄莺饼啦，豆馅烤饼啦，进到品种繁多的点心店里，咱们还犹豫了一阵子哪！"

"是呀，确实买回来了。"

"可是，那份粗点心是在风月堂买的吧？那份粗点心……"

"是的。"

"啊，想起来了，买后确实是送给谁了，用纸包着，是我给的。是呀，到底给谁了呢？"

"没错，是给人了！"

仿佛一块石头落地，父亲轻松地说。接着又问：

"是不是给房枝了？"

"唉呀，想起来了，是给房枝了。当时我说不能让孩子们看见，悄悄地包起来给她的。""就是她，是房枝。""没错，的确是房枝！"

他们的对话又告一段落，无论是父亲还是母亲，似乎都为有共同语言，各自心满意足。

不过，他们说的也不对，点心并非给了原来的女佣人房枝，而是送给邻居家的小男孩了。

女儿还想听听母亲能否像刚才那样，想起点心到底给谁了。可听到的只是从茶室传来的水在铁壶里沸腾的响动。

女儿端来午饭，放在暖炉上。

"好子，刚才的话，你都听见了吧？"父亲问她。

"是的。"

"你妈糊里糊涂，真让人头疼。而且还越来越固执。好子，平时帮着你妈记着点儿。"

"究竟谁糊涂？当爹的也是……今天风月堂的事儿我是输了，不过……"

女儿本想说明房枝的那件事儿，可终于没有开口。

关于点心的争论，发生在父亲去世的前两年。自从父亲患了轻度脑溢血后，就连公司的门也未曾登过。

父亲去世后，那棵红梅依然先从下面的枝头开花。女儿常常回忆起父母争论风月堂的往事，但是从来没有试探着和母亲谈起，想必母亲已经忘却那件事儿了吧！

石　榴

一夜的大风，把石榴树的叶子都刮光了。

落叶在树根处围成了一个很圆很圆的圆圈。

清晨，仁子看见光秃秃的树干吃了一惊，而那落叶围成的圆圈又使她惊奇不已。她想，风本该把这些树叶吹乱的。

石榴树上还残留着一个饱满的石榴。

“来看呀！”她喊她母亲。

“我真把它给忘了。”她母亲抬头看了看石榴，然后又走进了厨房。

这使仁子联想起她们的孤单处境。站在走廊上看，那石榴也是孤单的，像是被人遗忘了似的。

大约两星期前，仁子7岁的外甥来看他们。这孩子一下便注意到了石榴，于是爬到树上。这可使仁子嗅到了生活的气息。

“上面有个大的！”她在走廊里喊道。

“要是摘了这石榴，我就下不来了。”

是啊，手里拿着石榴要从树上下来，可不是件容易事。仁子笑了，外甥真可爱。

这孩子不来，她们是注意不到石榴的；在这以前，母女俩谁也没想起过石榴。

石榴原被遮掩着，现在能清楚地看到了。

在这石榴以及树底下围成圆圈的树叶子里，似乎有着一种活力。仁子拿了一根竹竿把石榴打了下来。

石榴熟透了，里面的石榴子儿像是要把它胀裂似的。她把石榴放在走廊上。石榴在阳光下闪着光，晶莹透亮，阳光仿佛从里面透射出来。

仁子心中泛起了一阵歉意。

大约10点钟，她上楼缝衣服。蓦地，她听到了圭吉的声音，虽然门关着。他好像在花园里，那声音显得很焦急。

“仁子，仁子！”她母亲喊道，“圭吉来了！”

仁子把线从针上抽了下来，再把针放进针插里。

“仁子总在念叨着您，说在您走之前，很想再见见您。”圭吉要去打仗了。“但是，未经允许，我们是不能去看您的。而您呢？总不来，总不来！今天，您来了，我们可高兴哪！”

仁子母亲要他吃了午饭走，但是他没有时间。

“好吧，那至少吃个石榴，我们自己种的石榴。”她又喊起仁子来。

仁子在楼梯上止住了脚步。圭吉用眼神同她打招呼，仿佛只能如此而已。

圭吉的眼睛里流露出脉脉深情，石榴不禁从手里掉落到地上。

他们互相凝视着，脸上带着微笑。

圭吉从走廊里迎了上去。

“您多保重，仁子。”

“您也多保重。”

他又转过身同她母亲告别，然后走了。

仁子站在花园门口，久久地望着。

“他走得太匆忙了，”母亲说，“多好的石榴。”

石榴被圭吉遗忘在走廊上。

仁子十分清楚，是圭吉眼睛里充满深情和痛楚的时刻，石榴才掉到地上的。要不，他准把石榴劈开了。可是，石榴掉在走廊上，还是那么饱饱满满的。

她母亲把石榴拿到厨房里，用水洗了洗，递给仁子。仁子皱起眉头，把石榴推开，刹那间脸又红了，不知所措地接过石榴。

仁子见母亲注视着自己，知道要是不吃，母亲准会感到奇怪的。她心不在焉地嚼了几颗，一股酸味直酸到牙根。仁子感到了某种带苦味的幸福，像是全身都渗透了这种滋味。

她走到镜子前坐下来，“看看，我这头发，同圭吉告别时，就这么乱蓬蓬的。”

仁子简直能听到梳子的答话。

“你父亲死了以后，”母亲温和地说，“我很害怕梳头。而每当我梳头时，就感到六神无主，好像你父亲就在我身边似的，直待我稍稍清醒。”

仁子想到了她母亲吃父亲剩饭的习惯。忽然，心中有什么东西在翻腾着，一种幸福感使她几乎要哭泣起来。

母亲给她石榴，仅仅是舍不得把石榴扔掉，这是唯一的原因。她从来不喜欢随便扔东西。

因为内心充满了悄悄的幸福感，仁子在母亲面前感到害羞了。

她想，这可能是圭吉没有意识到的更好的告别，不管多长时间，她都要等他回来。

她看着母亲，落日的余辉照在纸糊的墙上。门那一边，母亲正坐在镜子旁。

仁子把石榴放在膝盖上，不敢再嚼了……

五角银币

母亲习惯地又从月初作为零花用的两元钱里，拿出了一枚五角的银币，装进芳子的钱包里。

那时候这样的银币已经不多了。这个看起来很轻，其实却有点分量的银币，一装进小红皮包里，芳子觉得挺满意，然而她舍不得花，总是把它一直保留到月末。

和同事们一块看看电影、到吃茶店喝杯茶之类的消遣活动，她并不反对，但她一次也没去过。正是因为一次也没去过，所以她也始终不想去。

她除了每周从公司下班以后，到饮食店花上一角钱，买一个带点咸味儿的、她喜欢吃的面包以外，就没有花过别的钱。

有一次，她在三越文具部看见了一种六角形的、雕刻着狗的玻璃镇纸。她看那条狗刻得好极了，不由得把它拿起来。镇纸又重又凉，给人以快感。平时喜爱雕刻品的芳子被它吸引住了。她把它放在手掌上贪婪地看了好半天，最后还是依依不舍地把它放回原处了。货柜的标价是四角钱。

第二天她又来了，照旧看了它一大阵。第三天又来了，还是那样地看。她这样看了一星期左右，终于拿定主意，心里怦怦地跳着说：

“我买这个。”

回到家后，妈妈、姐姐笑着说：

“这不像个玩具吗？”她们把镇纸放在手里仔细地摆弄了一阵，这才纷纷夸奖起来。

“做得可真不错啊！”

“够精致的！”

说完她们又将镇纸对着电灯看了看。

玻璃面的研磨与精细的雕刻非常协调，六角形切得也极尽其巧。它成了芳子心爱的艺术品。

费了七八天时间，把它买到了手，不管别人说什么，妈妈、姐姐认为不错就行了。

买四角钱的东西就犹豫了这么多天，人们也许笑她大可不必如此。但是，非如此芳子是不肯买的。她从未稀里糊涂地一时高兴就把东西买下，以后再后悔。17 岁的芳子，也并不是买什么东西都得琢磨十天半月。她只是觉得钱来之不易，不能随便花。

过了三年左右，一提起这个镇纸，大家都笑起来。妈妈说：“那时节可真好！”

芳子的每一件东西，都有这样使人欢悦的插曲。

说是从商店楼上一层一层地下来买东西方便些，所以顾客常常径直乘电梯先上五楼。星期天，芳子也跟着妈妈到三越百货商店来买东西。

要买的东西都买到手了。到了一楼，妈妈照例又要去地下室看看便宜货。

“妈妈，那么挤，别去了。”芳子说的话，妈妈好像没听见，她自顾往前走。

“这里的货大概都没啥用场，妈妈还非要去。”芳子虽然这样想着，还是跟着妈妈去了。这里的冷气设备很好，一点儿也不觉得闷热。

妈妈买了一本二角五分钱的信纸，回头看了看芳子，娘俩都笑了。这是因为妈妈最近老用她的信纸写信，这回买了一本，意思是说：

“你该放心了吧？”

卖厨房用具的，卖贴身内衣的，越是人多的地方，妈妈越想去看。她又没有力量挤进去，只好翘起脚，或者是从人缝里往里瞧。结果，什么东西也没买，挺不痛快地转身往回走。走到门口时，她从那伞堆里拾起一把伞说：

“哎呀，才九角五分钱？太……”她又翻了翻其余的伞，标价都一样。妈妈惊奇地说：

“太便宜了。芳子，你看咋这么便宜呢？”妈妈高兴起来了，方才的不愉快也都烟消云散了。

“可真的。”芳子也拿起一把看了看说。妈妈打开了那把伞说：

“就是伞柄也值这个价钱，伞面还是人造丝的，多好！”

这么好的东西为什么贱卖呢？芳子又一想，这东西不一定好，是商店又在倾销积压品。妈妈翻过来翻过去地寻找和她年龄相称的。过一会儿，芳子说：

“妈妈，咱家有伞吧？”

“可是……”妈妈看了看芳子。

“能用10年或15年。东西用得越旧越有感情。这样的伞就是送给谁也好。”

“是的，送给谁都行。”

“送给谁，谁都会高兴的。”

芳子笑了，妈妈要送给谁呢？身边好像没有那样的人。若是有的话妈妈也就不说了。

“芳子，你看看这把怎么样？”

“是啊！”

芳子含糊其词地说着，就凑到妈妈跟前去了，看着妈妈挑伞。

穿着人造丝衣服的女人都在挑选。

芳子看着妈妈光挑不买，不耐烦地说：

“快买吧，哪一柄都可以。”

“芳子，要不别买了。”

“为什么？”

妈妈面带笑容地手扶着芳子的肩膀离开了那里。芳子倒觉得有点可惜，走了几步也就不在意了。她紧紧地握着扶在她肩上的妈妈的手，娘俩肩并肩地走出去了。

这是7年前，1939年的事。

用旧白铁做房盖的小屋漏了雨，芳子想起了若是买下那把伞就好了。她想笑着对妈妈说：

“妈妈，现在买就得一二百元钱了。”然而，她不能对妈妈说了，妈妈在神田烧死了。

就是买了那把伞也一同烧掉了。

那个玻璃镇纸还幸存。大火在横滨婆婆家烧起，忙着往袋里装东西的时候，也把那个镇纸装进去了。现在只有这件东西是娘家留下来的唯一纪念。

傍晚，胡同里一群姑娘不知耻地说，她们一夜能赚一千多元。芳子像她们那样年龄时，买一个四角钱的镇纸还考虑了七八天。现在她正在出神地看着那条刻得可爱的狗。忽然想到这一带烧得连一条狗也没有了。多么可怕。

雨　伞

天空飘洒着薄雾般的春雨，虽淋不透衣服，却也令肌肤黏黏渍渍。

跑到门外来的少女，看见少年打着雨伞，便问："怎么，下雨了？"

少年之所以打伞，与其说是遮雨，不如说是为了走过少女等候着的店铺时，遮住自己羞赧的脸。不过，他还是默默地把伞伸过去，想遮住少女，少女却只让自己的半个身子钻进伞下。雨丝淋在少年身上，尽管他让少女进到伞下，可自己却羞怯得不能将身子靠过去。少女虽然心想伸出一只手，两人共同把住伞柄，却又忸怩得恨不能从伞下跑出去。两人走进照相馆。少年的父亲身任官职，要调往远方，这是离别的纪念照。

摄影师指着长凳说："请吧，请二位并排坐好。"然而，少年并未挨在少女身旁，而站到了她的身后。他心里巴望着两人身体的某一部位，能联结在一起，便用把着椅背的手指轻轻地挨上少女的外套。这是他初次接触少女的身体，凭那从指尖依稀传来的体温，少年似乎感到两人赤身紧紧搂抱时的温暖。此生此世，只要看到这张照片，就会回味起她的温馨吧！

"再照一张如何？这回二位并排而坐，上半身突出些。"

少年只是点点头，轻声提醒少女说："头发！"少女蓦地仰首瞅了眼少年，双颊绯红，眼里闪着明快、喜悦的光亮，像孩子一样毫无造作地向化妆室走去。刚才，她一看见少年路过店铺，便飞跑出来，没顾上梳理。本来早就意识到自己那如同刚摘掉游泳帽似的蓬乱头发，可是，她毕竟是个当着男人的面连拢拢乱发都害羞的少女。而少年则担心，直说让她整整发型，会损伤女孩的自尊心。看见少女走向化妆室时的明朗表情，少年的心头也豁然开朗。其结果，两人如同其他恋人一样，相互依偎着坐到长凳上。

临离照相馆时，少年寻找那把伞。忽然发现先走一步的少女，手持雨伞，正站在门外。她发现少年瞅着自己，这才察觉自己把伞拿了出来，不由一惊，这无心的举动，不正是自己以心相许的流露吗？

少年没有说要伞，少女也未将伞递过来。不过，与来照相馆的路上不同，两人骤然成熟许多，怀着夫妇般的情感踏上归途——伞完成了它的使命。

布　袜

姐姐是个十分善良的人，却为什么死得那样惨，我无论如何也弄不明白。

黄昏，姐姐就意识不清，反弓身子，紧攥着的手痛苦地剧烈痉挛，当痉挛也停止时，头歪向左侧，几乎从枕头上落下。这会儿，从她那半张半合的嘴中，慢悠悠地爬出了一条白色的蛔虫。

这蛔虫白得出奇，即使在此后的日子里，也不时清晰地浮现在我的脑海。每当这时，又令我联想起同是白色的布袜。

往姐姐的棺材里装各种遗物时，我问道："妈妈，布袜子呢？布袜子也放进去吧！"

"对对，没想到布袜子，因为这孩子的脚本来就挺好。"

"是九文的，可不能同妈妈和我的搞错了呵！"我叮嘱说。

之所以提起布袜子，不仅仅是因为姐姐的脚小而美，还因为它勾起我一段回忆。

我12岁那年的12月，在附近的镇上举行了一场"勇牌布袜电影宣传大会"，巡回乐队打着红旗，也转到我们村里来。听说乐队撒的广告里面夹杂有电影票，村里的孩子们便跟在乐队后面，争抢捡着。其实，凭贴在布袜上面的商标，才能入场。当时，村里除了节日和盂兰盆会外，几乎再没有看电影的机会，因此，布袜很是畅销。

我也拣到一张画有侠客模样的广告。太阳刚落。我就匆匆向镇里的戏院走去，心里直担心，万一有什么变化，电影就看不上了。

"干什么，这不是广告吗？"入口的木栅前。讥嘲向我袭来。我垂头丧气地回到家，呆呆地站在井边，心中抱怨为什么不让我进去，好不委屈。这时，姐姐提着水桶走来，拍着我的肩头问道："怎么啦？"我连忙用手捂上脸。姐姐放下水桶，回屋取来钱："快去吧！"

在小路拐弯处，我回过头来，只见姐姐还站在那儿目送着我，我猛地快跑起来。到了镇上的袜店。店员问:“要多少文的?”我不知所措。

“那么,把你穿的袜子脱下来看看。”

布袜子的别扣上写着“九文”。

回到家里,我把这双布袜子送给了姐姐,姐姐也穿九文尺码。

又大约过了两年。我们一家搬到朝鲜,住在京城。念女校初中三年时,由于风传我和三桥老师亲近得过了分,家里竟担起心来,禁止我去探望老师。当时,老师患重感冒,连学期考试都没进行。

圣诞节前夕,妈妈和我上街,我想该给老师送些礼物,就买了顶鲜红色缎面礼帽,帽子的缎带上装饰有墨绿色的枸杞树叶和红色的枸杞骨,我还将锡箔纸包装的巧克力糖也放进了礼帽。

刚进书店,又遇上了姐姐。我让她看礼帽的包裹,说:

“你猜猜这里是什么,是送给三桥老师的礼物。”

“我看,东西就不要送了吧。”姐姐压低声音,略有责备地说:“那么一来,学校里又该说三道四了。”

我的幸福感消失了。这时,才感到我和姐姐是截然不同的两个人。

那顶红色的礼帽一直放在我的桌子上,圣诞节却已过去。然而,到了年末的三十号那天,那顶礼帽却不见了。我又一次感到幸福的影子也随之消逝。不过,我并没问姐姐发生了什么事情。

翌日,除夕晚上,姐姐邀我出去散步。

“那些巧克力糖,供在三桥老师的灵苗了,好似在白色的花丛中,点缀上红色的宝石,煞是好看。我已经请求他们,在装棺时,将礼帽也放进去。”

三桥老师逝世的消息,我毫无耳闻。自打那顶礼帽放到桌上以后,我就再也没出家门。大概家里人也有意向我隐瞒老师的死讯。

往棺材里装遗物,我干过两次:那顶通红的礼帽和这双雪白的布袜子。听人说,三桥老师也是在简陋的宿舍里,薄薄的褥子上。喉咙咕噜咕噜地作响,眼球几欲迸出来,痛苦地离开了人世。

通红的礼帽和雪白的布袜,究竟意味着什么?尚且活着的我,思索着。

邻 居

“要是你们，老人们一定会高兴的。”村野望着新婚的吉郎和雪子说。“家父母耳背，难免有不适当的地方，请不要介意。”

为了工作方便，村野迁居东京，老父老母则留在镰仓家中。两老住在厢房里，所以选择堂屋租赁给住客。因为他考虑，与其将房子上锁放空，不如住人更好些。再说，这样一来。老人也不至于寂寞。房租是象征性的。吉郎他们这桩婚姻的媒人是村野的老相识，经他搭桥，吉郎带着雪子前来会见村野。这两人被看中了，村野说：“那么好吧，住在耳背的老朽身边，就要骤然开花的啊。我并非只考虑你们是新婚，而且考虑到让新婚夫妇住进来，可以想象得到老房和老人都会受到你们二位的青春的熏陶的。”

镰仓这所房子坐落在镰仓多低洼地的进深处。正房六间，这对新婚夫妇住得太宽敞了。搬来那天晚上，他们不论是对房子还是对环境的静寂，都很不习惯，六间房子都是灯火通明，连厨房和门厅的灯火也是通宵长明的。他们住在十二铺席宽的房间里。这是最宽敞的一间，然而把雪子的衣橱、梳妆台、卧具和其他嫁妆先搬进来以后，就连坐的地方都没有了。这样，两人反而释然。

雪子将做项链用的蓝珠子组合成各式各样的形式，准备重新串成一条新的项链。雪子的父亲曾在台湾呆过四五年，这期间他从当地老百姓那里收集了二三百颗古老的“琉璃珠子”。雪子出嫁之前，她从中挑选了自己喜爱的十六七颗。串成项链，新婚旅行就带在身边。这些原来是父亲的玩赏物，雪子告别父母双亲时的那份感伤，也就寄托在这些珠子上了。度过新婚初夜的翌晨，雪子戴上这条项链。吉郎为之神颠魂倒，拥抱着雪子，热烈亲吻她的脖颈，亲吻她的脸颊。雪子觉得痒痒，一边喊叫一边扭动脖颈躲闪。项链断了，珠子散落一地。

“唉呀！”吉郎喊了一声，松开了雪子。两人蹲下来。把散落一地的珠子捡了起来。雪子看见吉郎跪在地上爬行似地觅寻珠子，禁不住笑了起来，很快地变得融洽无间了。

来到镰仓当晚，雪子把当时捡起来的琉璃珠子重新组合串成一条新的项链。珠子五光十色，形状百态千姿。有圆的、方的，还有细管形的。有红、青、紫、黄，虽说是原色，但天长日久，变得陈旧，色泽也不那么鲜艳。珠子的图案也呈显出当地人的纯朴的情趣。珠子的组合有些变化，项链也多少给人有些不同的感觉。这些珠子本来就是当地人做项链用的，每颗都有穿线的孔。

雪子将珠子摆来摆去，在设法变换花样。吉郎却说：

“原来的组合，你不记得了吗?”

“是和爸爸一起排列的，没有全记住。我要按你喜欢的重新组合。你等着瞧吧。”

两人相依相偎，一心构思组合琉璃珠子，把时间都忘了，已是夜深时分了。

“外面是不是有什么东西走动?”雪子竖起耳朵静听。原来是落叶的声响。听上去枯叶不是飘落在这家的房顶上。而是飘落在堂屋后面的厢房房顶上。起风了。

翌日早晨，雪子呼唤吉郎：

“过来瞧瞧，快些过来瞧瞧……后院的老人家在喂老鹰食呢。老鹰在和他们一起吃饭呐。”

吉郎站起身走了出去。是个大晴的小阳春天气，厢房敞开着拉门，阳光投射进饭厅里，可以窥见老两口正在用餐。厢房是以堂屋后院的小斜坡为界，修了一道低矮的山茶花篱笆。山茶花盛放，厢房恍如浮在山茶花的岸边上。三面环山，掩映在小山上的披满红装的杂树林中。山茶花和杂树林的红叶，沐浴着深秋的朝阳，阳光连厢房进深处都照得暖融融的。

两只老鹰靠近餐桌，仰起着脖颈。老两口把盘里的火腿煎鸡蛋放进自己的嘴里嚼碎，然后用筷子夹住喂它们食。每喂一口，老鹰微微动一动翅膀。

“真驯服啊！”吉郎说。“咱们去打个招呼吧。虽说他们正在吃饭，也没关系吧。再说，咱们也想看看那只可爱的老鹰啊。”

雪子进屋换了装，脖颈上还佩带了昨夜串成的珠子项链。

他们两人一走近山茶花矮篱笆，两只老鹰冷不防地腾空飞去。那振翅声传入了两人的耳鼓里，不禁吓了一跳。雪子“啊！”地惊叫了一声，抬头望着在空中飞翔的老鹰。那山鹰像从别处飞到老人身边似的。

吉郎对让他们住在堂屋，郑重其事地向老人施礼致意。还说：“真对不起，我们把老鹰给吓飞了。它们真驯服啊。”

然而，老两口似乎什么也没有听见，也没有想要听见。只是挂着一副呆滞的面孔盯视着这两个年轻人。雪子把脸转向吉郎，用眼睛探询：怎么办才好呢？

“欢迎你们到这儿来。老婆子，这么漂亮的一对年轻人成了我们的邻居哩。”老人出其不意喃喃地说了一句。他老伴似乎连这句话也没有听见。

“邻居是聋子，你们就当他们不在好啰。我们尽管耳背，却很喜欢年轻人，别讨厌我们，故意躲开我们啊！”

吉郎和雪子点了点头。

老鹰似乎在厢房的上空盘旋，传来了可爱的鸣叫声。

“老鹰好像还没吃完食，又从山上飞下来。我们不好再打扰它们。”吉郎催促雪子走开了。

贝克特

萨缪尔·贝克特

萨缪尔·贝克特（1906～1989），法国作家，原籍爱尔兰，1937年定居法国巴黎。主要作品有三部曲《马洛伊》、《马洛伊之死》、《无名的人》和剧本《等待戈多》等。

1906年4月13日贝克特出生在爱尔兰都柏林的市郊。

1928年他去了巴黎，在巴黎高等师范学院担任教师并认识了影响了他一生的人——詹姆斯·乔伊斯。之后贝克特成了乔易斯的助手并深受其影响，尤其是他的一些早期作品。

1931年的冬天，辞去了所有工作的贝克特开始专心于写作。可不久父亲的去世给了他很大的打击，与母亲的关系也进一步地恶化。为此他的精神一度抑郁，后来不得不去了伦敦，在那里接受了心理治疗。住院期间，他的好友苏珊娜一直来医院照顾他，两人由此互生好感并结为夫妇。二战爆发后贝克特也加入了法兰西人民对纳粹的抵抗运动之中。

战后的日子是贝克特的创作高峰，那个时期的作品多用法文完成。

作者认为，法文是一种让他可以自由地表达自己，自由地表达自己对生活看法的语言。人们喜欢的《等待戈多》以及《终局》都是在这个时期完成的。

贝克特于1969年获诺贝尔文学奖。他的主要剧本包括《等待戈多》、《终局》、《哑剧Ⅰ》、《最后一局》、《最后一盘磁带》、《尸骸》、《哑剧Ⅱ》、《呵，美好的日子》、《歌词和乐谱》、《卡斯康多》、《喜剧》、电视剧《迪斯·乔》等。

国籍：爱尔兰

获奖时间：1969年

获奖作品：《等待戈多》

获奖理由：“他那具有奇特形式的小说和戏剧作品，使现代人从精神困乏中得到振奋。”

一个黑夜

发现他伏地趴着，没有谁惦记他，没有谁寻找他，一位老妇人发现了他。大概说来这是很久以前的事了。她漫无目标地寻找着野花，仅仅是黄色的，一心盼着野花却意外碰见他伏在那儿。他面孔朝地两臂伸展，身穿大衣，尽管不合时宜。挨着尸体隐约露出一大排钮扣从头到尾系扣着他，各种钮扣形状相异大小不一，裙子穿得略高但仍然依地拖曳。乍看也吻合。头颅近旁斜躺着一顶帽子，从帽边帽顶便看得出来他身着略呈绿色衣服趴着并不太显眼。从远处再瞅上一眼，只见得那个白色头颅。她是否以往在什么地方见过他。在他脚的某个部位见过。她全身衣着乌黑，长长的裙边在草地里拖曳着。天色已暗。现在她是否该离去走进东方，这是她的影子过去常走的方向——一条漫长的黑影。这是出生羊羔的时节，可并不见羊羔，她望不到一头。假设碰巧有第三者路过他只能见到躯体。起初一眼是那位老妇人站立的躯体，走近再一瞧躯体就地趴着。乍看也吻合。荒野，老妇人一身黑服一动不动，身躯在地上纹丝不动。黑色臂端上是黄颜色的，白发在草地间。东方在夜晚动弹不得。天气。天空昼夜阴云密布，西北偏西的边角终于露出了太阳。要雨水吗？要使你愿意下几颗雨滴，要使你愿望清晨下几颗雨滴，就此刻说定。这是很久以前的事了。一整天关闭在屋内她现在和太阳一起出来了。她加紧步子想拿下整个荒野，奇怪路途杳无人迹。她漫无边际地瞎走，狂热地寻找着野花，狂热地眼巴巴看着夜幕降临的危急。她惊愕地说每年这个年头怎不见有一大群羊羔。早年丧夫那会儿她还年轻穿着一身黑衣。为了让坟上的花儿再度开花，她浪迹四处寻觅他昔日钟爱的花朵；为了给他的黑色臂端上配上黄花，她费尽心机最后还落得两手空空。这是她出门第三桩吃惊的事情，因为这该是野花遍地的时节。她的故友她的身影使她厌恶。受不了了！因此她把面孔转向太阳。她渴望夕阳西落，渴望在漫长的夕照中再次毫无顾忌地游荡。更为凄伤的是她的长黑裙在草地拖曳时发出熟悉的瑟瑟声。她走着，两眼半睁半闭像似朝着光亮走去。她可能会自言自语说对于一个简简单单的3月或4月的夜晚这一切显得过分奇怪了。终不见人烟。终不见羊羔。终不见野花。身影和瑟瑟声令人厌恶。行走途中脚震动了一具尸体。意外，没有谁惦记他。没有谁寻找他。黑色绿色的服装现在看来激动人心。白色头颅旁依稀可见几片拔落的野花。一张阳光晒焦陈旧的面容。一幅生动的场景。如果你愿那么说的话。现在开始万籁俱寂，只要她不再走动。终于太阳西下，太阳不见了，阴影笼罩万物。这儿四周只有阴影一片。余辉渐渐隐退。黑夜五星五月。一切显得吻合。不过仅此而已。

索尔仁尼琴

亚历山大·伊萨耶维奇·索尔仁尼琴

亚历山大·伊萨耶维奇·索尔仁尼琴（1918～2008），俄罗斯杰出作家。

1918年，索尔仁尼琴生于北高加索的基斯洛沃茨克市，1941年毕业于罗斯托夫数学物理系。卫国战争时期他应征入伍，当过炮兵连长，两次立功受奖。1945年2月，他在前线被捕，按他本人的说法，是因为他在写给友人的信中“批评斯大林”。他被监禁在劳改营8年，刑满后被流放哈萨克斯坦。1957年，他被恢复名誉，定居梁赞市，做了教员。

1962年，《新世界》发表了索尔仁尼琴描写劳改营生活的中篇小说《伊万·杰尼索维奇的一天》，引起轰动。这是苏联文学中第一部描写斯大林时代劳改营的。1965年，该小说被公开批判。此后，他的长篇小说《癌症楼》和《第一圈》在欧洲发表。1969年，他被苏联作协开除会籍，次年获得了诺贝尔文学奖。

当时，索尔仁尼琴没去领奖。1973年，他的《古拉格群岛》第一卷在巴黎出版，也是有自传性质的小说。1974 年，他被苏联驱逐出境，先到联邦德国，1976 年迁往美国。1994 年，经时任俄罗斯总统叶利钦邀请回国。

2008 年 8 月 3 日深夜，索尔仁尼琴由于心脏衰竭在莫斯科逝世，享年 89 岁。

国籍：俄罗斯

获奖时间：1970 年

获奖作品：《癌症楼》

获奖理由：“由于他作品中的道德力量，借着它，他继承了俄国文学不可或缺的传统。”

诗人的遗骸

早先的古城奥里戈夫、现在的村庄里戈沃坐落在奥卡河畔一个高高的峭壁上：俄罗斯人在那些年代里除了奔涌的、供饮用的水之外，第二钟爱的就已是美。

英格瓦尔·伊戈列维奇奇迹般地躲过兄弟刺来的刀子后，为纪念自己的获救在此地建造了圣母安息修道院。

在晴朗的日子里，从这里举目河滩，可以看得很远，三十五里开外，在同样的一座峭壁上，是约翰修道院那高高的钟楼。

迷信的拔都没有摧毁这两座修道院。

雅可夫·彼得罗维奇·波隆斯基也看中了这地方，将此视为其唯一的去处，遗嘱将他安葬于此。我们总是以为，我们的灵魂将在坟墓上方飞翔，把静谧的原野环顾。

但是——没有教堂的穹顶，也没有教堂，石墙已剩下一半，筑起了缠着铁丝网的木栅栏，整片古迹之上，是电线杆，是丑陋的稻草人，都十分地眼熟……十分地眼熟……修道院的门口，是值班室。一张宣传画：《为了各民族间的和平！》——一个俄罗斯工人手中抱着一个非洲孩子。

我们似乎什么也不明白。在看守棚间，一位身着衬衣的不当班的看守向我们解释道：

“这儿有过一座修道院，是世上的第二座。第一座好像是在罗马，莫斯科的那座是第三座了。在这儿办过一所儿童教养院，孩子们不知好歹，拆光了围墙，砸碎了圣像。后来，集体农庄以四万卢布的价儿买下了这两座教堂，图的是砖，因为农庄想建一个六排的牛棚。我还记得，一块整砖是五十戈比，半截砖卖二十戈比。只是那些砖块很难撬开，全被混凝土粘成一团。在教堂下面发现了一个地下墓，躺着一个高僧，那高僧已是一骷髅，但那件长袍还是好好的。我们俩去扯了扯那长袍，但没有撕开……”

“请问，这地图上标有诗人波隆斯基的墓。这墓在哪儿?”

“波隆斯基那儿不能去。那儿属禁区。禁止去他那儿。那儿有啥可看的?看那儿光秃秃的纪念碑?”看守转向他妻子：“波隆斯基好像被挖走了吧?”

“是的，被拉到梁赞去了。”妻子站在台阶上，嗑着瓜子点头应道。

看守自己也感到可笑：

“也就是说，被释放了……”

我们永远不死

我们已变得最惧怕死人和死亡。

如果谁家死了人，我们总是尽力不写信过去，也不去串门：我们不知道该怎样谈论死亡……

甚至将墓地当成一种严肃事儿来谈也是害臊的。在单位无人会说：“星期天我没空，我可能要去墓地拜访我的亲人。”难道去造访不会吃喝的人也算是件事儿?

想把死者从一个城市运往另一个城市吗?——别异想天开，谁也不会为此提供车厢的。在城里如今也不兴乐队送葬了，如果是个小人物，就只用卡车拉着兜一圈。

不知何时起，星期天在我们的墓地里，人们漫步在坟墓间，欢快地唱歌，手提香炉散发出浓郁的芳香。心境平和些了，注定要死亡的伤疼感已不再搅动内心。逝者们透过绿色的坟茔似在向我们微笑：“没什么！……没什么！……”

如今，如果墓地仍开放，会挂出一布告：“墓主们！为避免罚款请清除去年的垃圾！”更常见的是，在体育场边，在文化公园边，坟墓被搬走，被推土机铲平。

还有那些为祖国而死的人——你我仍有可能这样去死。先前，我们的教会为这些人列了一个节日——阵亡者追悼日。英国人在马克节追悼先烈。

每一个民族都有这样一个节日，以缅怀为我们而死的人。而为了我们，为了我们死了最多的人。但我们却没有这样的节日。

望一眼所有的牺牲者，谁还会来添砖加瓦呢？在三次大战中我们丧失了无数丈夫、儿子和未婚夫——你们这些讨嫌的人们，就躲在那涂了漆的木桩后面吧，别来打扰我们生活！

而我们，我们是永远不会死的！

沙里克

在我们的院子里，有个小男孩养了一条狗叫沙里克。它从幼崽时就被人用链条拴了起来。

一次，我给它拿去一些鸡骨头。鸡骨头还飘着热气儿，香喷喷的——正在这个时候，那男孩放了这可怜的狗，让它在院儿里溜达。院子里积雪厚厚的，沙里克像只兔子似地跳跃，一会儿前脚着地，一会儿后脚着地，从院子的这个角跑到另一个角，弄得满头的雪。

毛茸茸的它跑到我身边，碰了我的手，嗅了嗅骨头，然后肚皮却蹭着雪地跑开了。

它像是在说：我不需要您的骨头，我要的只是自由！

伯　尔

海因里希·伯尔

海因里希·伯尔（1917～1985）是德国小说家。他生于科隆一个雕刻匠家庭，中学毕业后当过书店学徒。1939 年进入科隆大学学习文学，不久被征入伍。战后当过木匠和统计员，后成为专业作家。1972 年获诺贝尔文学奖。

伯尔的文学活动始于第二次世界大战之后。1946～1952 年，他先后发表了中篇小说《列车正点到达》、长篇小说《亚当，你曾在哪里?》以及短篇小说《飞刀艺人》、《败家子》等。这些作品主要取材于第二次世界大战，揭露法西斯战争的罪恶，反映德国人民的苦难，基调灰暗、抑郁。

1953～1965 年，伯尔的创作主题从批判战争转为批判战后的联邦德国社会，小商贩、小职员、孤儿寡妇等小人物的社会遭遇成了他作品的主要内容。代表作有《一声没吭》、《九点半钟的台球》、《小丑之见》等。

进入20世纪70年代，伯尔的创作达到了一个新的高峰。主要代表作为长篇小说《女士及众生相》。

伯尔一贯主张作家应关注现实，干预生活。他的作品大多针砭时弊、暴露黑暗和批判现状。在艺术技巧上，他言简意赅，善于用直观的手法塑造出栩栩如生的人物形象，往往在冷静、朴实的白描中注入强烈的夸张，借以渲染气氛并进行讽刺，还吸取了蒙太奇、内心独白、闪回、联想、象征、纪实等现代表现手段，形成独特的风格。其他作品还有中篇小说《一次出差的终结》和长篇小说《河流风光前的女人》等。

国籍：德国

获奖时间：1972 年

获奖作品：《女士及众生相》

获奖理由：“为了表扬他的作品，这些作品兼具有对时代广阔的透视和塑造人物的细腻技巧，并有助于德国文学的振兴。”

我的昂贵的腿

这下子我就业在望了。他们寄了一张明信片给我，叫我到局里去一趟，我便遵命前往。局里的人既亲切又和气：他们拿出我的档案卡片，说了一声："嗯。"我也回了声："嗯。"

"哪一条腿？"有一个官员问道。

"右腿。"

"整条腿？"

"整条。"

"嗯。"他又哼了一声，开始查阅各种各样的单子。我总算可以坐下来了。

他终于翻出一张单子，看来正是他所要找的。他说："我看这里有适合您干的事，一件美差。您可以坐着干，到共和广场上一个公共厕所里去擦皮鞋。您看怎么样啊？"

"我不会擦皮鞋，我一向因为皮鞋擦不亮，引得大家侧目相看。"

"您可以学嘛，"他说。"什么事情都可以学会的。天下事难不倒德国人。您只要同意，可以免费上一期学习班。"

"嗯。"我哼了一声。

"那么同意了？"

"不，"我说，"我不干。我要求提高我的抚恤金。"

"您疯啦。"他回答时语气既亲切又温和。

"我没疯，谁也赔不起我的腿，我连多卖些烟都不行，他们现在制造了种种麻烦。"

那个人把身子往后仰，一直靠到椅子背上，深深地吸了一口气。"亲爱的朋友啊，"他感慨地说，"您这条腿可真叫贵得要命。我知道您今年29岁，身体很好，除了这条腿以外没有一点毛病。您可以活到70岁。请您算一算，每月七十马克抚恤金，一年十二个月，那就是四十一乘十二乘七十。您算一下，不计利息就要多少钱。您不要以为只有您丢掉了一条腿。看来能够长寿的也不仅仅是您一个。现在您还要提高抚恤金呐！对不起，您真是疯了。”

“先生，”我说，我也照样往椅子背上一靠，深深地吸了一口气，“我看您大大低估了我的腿的代价。我的腿要昂贵得多，这是一条非常昂贵的腿。还得说一下，我不仅身体健康，而且很遗憾，头脑也很健全。请您注意。”

“我的时间很紧。”

“请您注意！”我说。“我丢了这条腿，救了好些人的命，他们至今还在领取优厚的退休金。”

“当时情况是这样的：我单枪匹马埋伏在前沿某个地方，奉命注意敌人何时来到，这样就可以让别人及时溜掉。后面司令部已经在打点东西，他们既不愿意跑得太早，也不愿意溜得太晚。原先我们是两个人在前沿，但是那一个被敌人打死了，他不必再花费你们的钱。他虽然已经结婚成家，但是您别怕，他的妻子身体健康，可以干活。那个人的性命可真便宜。他当兵才四个星期，所以只花了你们一张通知阵亡的明信片和一点点口粮的钱。他在那个时候算得上是个勇敢的士兵，他至少是真正给敌人打死的。后来就只剩我一个人在那里，并且害怕起来，天很冷，我也想溜之大吉，嘿，我正要溜的时候，突然……”

“我的时间很紧。”那个人说着，开始找他的铅笔。

“不，请您听下去，”我说，“现在刚刚讲到有意思的地方。正当我要溜的时候，我的腿出了问题，我只得躺在那里。我想，既然溜不掉了，就把情况向后面报告吧。我报告了敌人的动静，他们就全都逃跑了，规规矩矩地一级跟着一级，先是师部，然后是团部，再后是营部，依此类推，始终规规矩矩地一级跟着一级溜走。只有一件混帐事，那就是他们忘了把我带走，您懂吗？他们跑得太仓皇。真是件混帐事情，要不是我丢了这条腿，他们全都没命了，将军、上校、少校，一级一级数下去，全都得完蛋，那您就不必给他们退休金了。好，您算算看，我的腿值多少钱。那位将军才52岁，上校48岁，少校50岁，他们个个没有一点毛病，身体健康，头脑健全。他们那种军事生活使得他们至少可以像兴登堡一样活到80岁。您计算一下：一百六十马克乘十二乘三十，完全可以估计他们平均还要活30年，您看对吗？所以，我的腿成了一条贵得吓人的腿，成了一条我所能想象的最最昂贵的腿，您看是不是？”

“您真疯啦。”那个人说。

“没有，”我回答说，“我没有疯。对不起，我身体健康，头脑健全，遗憾的是，我在这条腿出毛病前两分钟没被打死。那样的话，就可以节省好多钱啦。”

“您到底接受这项差使不？”那个人问道。

“不。”我说完就走了。

音乐会上的咳嗽

我的表兄贝尔特拉姆是神经病患者，他经常和那些神经病人混在一起。这些病患者丝毫没有伤风感冒，可是在音乐会上却突然爆发咳嗽。咳时起音柔和。近乎亲切的清嗓子声，不亚于乐器的音调。继而徐徐升高，循序渐进，以至声嘶力竭，犹如狂吠。坐在我们前排的女士们的头发，被他们喷出的气流吹得似水中漂流的轻舟，翩翩起舞。

贝尔特拉姆反应灵敏，当台上乐声低时，他咳得响亮；当台上乐声高时，他咳得轻微。他以令人不快的器官组成一种类似不谐音的旋律配合。他记忆力惊人，娴熟管弦乐总谱，在我这个对音乐一窍不通的人面前，他几乎成了音乐导师。他一开始冒汗，耳朵通红，便屏息地从衣袋里摸出止咳糖，那糖块散发出桉树汁的刺鼻气味，这时我便意识到：乐曲即将转入轻奏段。果然小提琴手的弓轻掠琴弦，钢琴家似乎与琴键窃窃私语。一种仿佛感官觉察得到的德意志热忱在大厅中扩散。贝尔特拉姆坐在那里，两颊憋得鼓鼓的，两眼流露出深沉的忧伤，倏然地剧咳起来。

由于在我们城里参加音乐会的都是很有教养的人，因此自然无人回首顾望，更无人口中唠唠叨叨地念戒规教条不止，然而听众怒火中烧，深恶痛绝之情溢于言表。此刻贝尔特拉姆已经肆无忌惮，放声大咳不止。轻奏段终于结束了，他的咳嗽也随之缓和下来。接着他吃力地咽下一大口桉叶汁，他的喉结一上一下，像一架特制轻快电梯在忙个不停。

令人惶恐不安的是，贝尔特拉姆的咳嗽引起其他潜伏更深的神经病患者的连锁反应，正如狗识狗的狂吠声而引起连锁反应一样。这些神经病患者从大厅里各个角落里以他们清脆的咳嗽声报以响应。值得注意的是，平时我不爱感冒，神经正常。可真是莫名其妙，音乐会延续得越久，我就越难抑制自己的咳嗽。我感到两手湿漉漉的，内心一阵痉挛。我突然明白，一切抑制的努力都是徒劳的：我要咳嗽了。我的喉咙发痒，呼吸困难，汗流浃背，神思恍惚，心灵深处充满着对于生存的恐惧。我开始呼吸急促、紊乱，慌忙从口袋里掏出手帕，以便发生万一时，便把嘴捂住。音乐我再也听不进去了，听到的是我那敏感的同辈突然引发的神经质的连续咳嗽。

临近休息时，我感到神经质的传染达到高潮。我没有办法，只好去协助贝尔特拉姆，一直咳到宣布休息。听众一开始鼓掌，我就奔向衣帽间，浑身汗湿，抽搐不已。我从门房边擦身而过，奔向街上。

不难想象，对于贝尔特拉姆的邀请，我现在是彬彬有礼地断然加以拒绝，只有当我深信乐队的管弦乐占绝对优势，男声合唱团只唱优秀曲子——“雷鸣”或“雪崩”，就是说，这些艺术作品在一定程度上保证非常响亮的演奏效果时，我才陪同他欣赏我国文化的演出。可是，我恰恰对这种音乐并不怎么感兴趣。

医生们都想使我相信，这纯粹是神经问题，我应该镇定自若。这毫无问题，他们的话说了等于没有说。我知道是神经问题，可是一坐在贝尔特拉姆身旁，我的神经就失灵了。谈论镇定自若是多余的，我压根儿就办不到。我很可能还在摇篮里的时候，就注定不是一个镇定自若的人了。

我忧伤地扫视了一遍音乐会团体的招聘广告，我不能接受他们友好的招聘，因为我知道，贝尔特拉姆也必将到场，而我一听见他的第一声轻咳，就再也无法控制自己，也会连续不断地咳起来。

卖笑人

倘若人家问起我的职业，那我就尴尬万分，唰地一下面红耳赤，张口结舌，不知所答，因为我是个有名的诚实可靠的人。我很羡慕瓦工，他们可以回答说：我是瓦工。我妒忌会计师、理发师和作家，他们都可以直接了当地说出自己的职业，因为这些职业名副其实，用不着多费唇舌去解释。我没有办法，只好回答：我是卖笑人。人家听了不免还要追问下去：你靠卖笑为生吗？我不得不直说“是”。于是问题接二连三，没完没了。我的确靠卖笑为生，而且活得很好。用商业用语说，就是我的笑很畅销。我是拜过名师的笑的行家，无人能与伦比，无人能掌握我的惟妙惟肖的艺术。我长期把自己看作演员，其原因就不必说了。然面，我的语言能力和表演技巧太差，演员这称号我实在不配。我爱真理，而真理是：我是卖笑人。我不是小丑，也不是滑稽演员；我不逗引观众欢笑，我只是欢笑的化身。我笑得像一个罗马皇帝，像一个参加毕业考试时反应灵敏的中学生。19 世纪的笑是我的拿手好戏，17 世纪的笑我也笑得毫不逊色。如果有必要，我可以模拟各个世纪的笑，各个社会阶层的笑，各种年龄的笑。我像鞋匠学会钉鞋后跟一样，轻而易举地学会笑。我满腹都是美洲的笑、非洲的笑、白的笑、红的笑、黄的笑。只要给我适当的报酬，导演怎么说，我就怎么笑。我已成为不可缺少的人物了。我的笑灌制了唱片，我的笑录了音，广播剧导演更一刻不放过我。我苦笑、淡笑、狂笑，我笑得像电车售票员，像食品公司的学徒一样，早晨笑，晚上笑，夜里笑，黎明还笑。简而言之，不管何时、何地、何人，都会相信这种职业是很辛苦的。再说我还有逗人笑的特长，三四流的滑稽演员也少不了我，因为他们正为自己的噱头是否叫座而提心吊胆。我差不多每天晚上都坐在杂耍场里，担任微妙的捧场者的角色，在节目淡而无味的当儿发出感染人的笑声。这事干起来得像计量工作那样仔细，我的大胆的狂笑必须笑得正是时候，早了不行，迟了也不行。时候一到，我就得捧腹大笑，接着是观众的一阵哄堂大笑，于是不能引人兴趣的噱头就得救了。

可是演出一结束，我就精疲力尽地溜进衣帽间，穿上大衣。终于下班了，心里无限高兴。通常在这样的时候，家里已经有“急需您笑，星期二录音”的电报在等着我。几小时后，我只得又在直达快车上奔驰，深为自己的命运而感慨不已。

我下班后或休假时是不爱笑的，这是大家都理解的。挤奶员如能忘却奶牛，瓦工如能忘却灰浆，那该多美。常见木工家里的门关不上，抽屉拉不开，糕点工人喜爱酸黄瓜，屠宰工喜爱杏仁夹心糖，面包师傅宁要香肠而不要面包；斗牛士爱玩鸽子，拳击师见到自己的孩子鼻孔出血会大惊失色。凡此种种，我都明白。我自己历来就不在业余时间笑。我本是个不苟言笑的人，人家都说我是个悲观主义者，这也许不是没有道理的。

结婚的头一年，老婆常对我说：“笑一个吧。”而这些年来她终于明白，我是无法实现她的愿望的。我紧张的面部肌肉和忧郁的心境，如真正得到松缓的时候，那我就感到无比幸福。说真的，旁人的笑声也会引起我心烦意乱，因为听到笑声难免要想起我的职业。我老婆也把笑的本能遗忘了，于是我俩的夫妇生活就显得冷冷清清、平平淡淡的。偶尔我逮住她脸上掠过的一丝笑容，我自己也怡然一笑。我俩常常是唧唧低语，因为我恨杂耍场的喧哗，恨录音室里可能出现的嘈杂。

素不相识的人总以为我沉默寡言，这或许是对的，因为我得频繁地张着口去笑。

我木然地走着我的人生之路，间或赐予自己一丝微笑。我常常想，我是否真的笑过。我确信我从未笑过。我的兄弟姐妹可以告诉你们，我从小就是一个严肃的男孩。

我用各种各样的方式来表现笑，但是，我不知道自己究竟为何而笑。

在桥头

那些人把我的双腿修补好了，给我安排一个可以坐着干的差事：要我数一数在一座新桥上走过的人有多少。他们最大的乐趣，就是以用数字来表明他们的精明能干，一些毫无意义的空洞的数目字使他们陶醉。我这张顾不上讲话的嘴像一台计时器那样动着，一个数字接着一个数字积起来，为了在晚上好送给他们一个辉煌的数字。当我我报上每天的统计结果时，他们的脸上便放出了光彩，数字越大，他们就越加容光焕发。他们尽可心满意足，高枕无忧了，因为每天有成千上万的人走过他们的新桥。

但是他们的统计并不准确。我很遗憾，但数字是不准确的。尽管我善于给别人留下一个忠厚老实的印象，但我实际上并不是一个可靠的人。

我以此暗自高兴，有时故意少数一个人；当我发起怜悯来时。就送给他们几个。他们的幸福掌握在我的手中。当我恼火时，当我没有烟抽时，我只给一个平均数，或更低的数字；精神愉快时，我就用五位数字来表示我的慷慨。他们多么高兴啊！每次他们郑重其事地在我手中把结果拿过去。眼睛闪闪发光，还拍拍我的肩膀。他们什么也没有料想到！然后，他们就开始乘呀，除呀，算百分比呀，以及其他我所不知道的事情。他们算出，今天每分钟有多少人过桥，10 年后将有多少人过桥。他们喜欢这个未来完成式，未来完成式是他们的专长。可是，抱歉得很，这一切都是不准确的。

当我的心爱的姑娘过桥时——她一天走过两次——我的心简直就停止了跳动。我那不知疲倦的心跳简直就停止了突突的声音，直到她转入林阴道消失为止。所有在这个时间内走过的人，我一个也没有数。这两分钟是属于我的，完全属于我一个人的，我不让他们侵占去。当她晚上又从冷饮店里走回来时——这期间我打听到，她在一家冷饮店里工作——当她在人行道的那一边，在我的不出声音、但又必须数的嘴前走过时，我的心又停止了跳动；当不再看见她时，我才开始数起来。所有一切有幸在这几分钟内在我朦胧的眼睛前面一列列走过的人，都不会进入统计中去而永垂不朽了：他们全是些男男女女的幽灵，不存在的东西，都不会在统计的未来完成式中一起过桥了……

这很清楚。我爱她。但是她什么也不知道，我也不愿意让她知道。她不该知道，她用何等可怕的方式把一切计算都推翻了，她应该无忧无虑、天真无邪地带着她的长长的棕色头发和温柔的脚步走进冷饮店，她应该得到许多小费。我在爱她。这是很清楚的，我在爱她。

最近他们对我进行了检查。坐在人行道那一边数汽车的矿工及时地警告了我，我也就分外小心。我像发疯似地数着，一台自动记录公里行程的机器也不可能比我数得更好。那位主任统计员亲自站在人行道的那一边数，然后拿一小时的结果同我的统计数字相比较，我比他只少算了一个人。我心爱的姑娘走过来了，我一辈子也不会把这样漂亮的女孩子转换到未来完成式中去；我这个心爱的小姑娘不应该被乘、被除、变成空洞的百分比。我的心都碎了，因为我必须数，不能再目送她过去，我非常感激在对面数汽车的矿工。这直接关系到我的饭碗问题。

主任统计员拍着我的肩膀，说我是个好人。很忠实、很可靠。“一小时内只数错了一个人，”他说，“这没有多大关系。我们反正要追加一定的百分比的零头。我将提议，调您去数马车。”

数马车当然是美差。数马车是我从来没有碰到过的运气。马车一天最多只有 25 辆，每半小时在脑中记一次数字。这简直是交了鸿运！

数马车该多美！4 点到 8 点时根本不准马车过桥，我可以去散散步或者到冷饮店去走走，可以长久地看她一番，说不定她回家的时候还可以送她一段路呢，我那心爱的、没有计算进去的小姑娘……

优哉的人

在欧洲西海岸的一个码头，一个衣着寒伧的人躺在他的渔船里闭目养神。

一位穿得很时髦的游客迅速把一卷新的彩色胶卷装进照相机，准备拍下面前这美妙的景色：蔚蓝的天空、碧绿的大海、雪白的浪花、黑色的渔艇、红色的渔帽。咔嚓！再来一下，咔嚓！德国人有句俗语："好事成三。"为保险起见，再来个第三下，咔嚓！这清脆但又扰人的声响，把正在闭目养神的渔夫吵醒了。他睡眼惺忪地直起身来，开始找他的烟盒。还没等找到，热情的游客已经把一盒烟递到他跟前，虽说没插到他嘴里，但已放到了他的手上。咔嚓！这第四下"咔嚓"是打火机的响声。于是，殷勤的客套也就结束了。这过分的客套带来了一种尴尬的局面。游客操着一口本地话，想与渔夫攀谈攀谈来缓和一下气氛。

"您今天准会捕到不少鱼。"

渔夫摇摇头。

"不过，听说今天的天气对捕鱼很有利。"

渔夫点点头。

游客激动起来了。显然，他很关注这个衣着寒伧的人的境况，对渔夫错失良机很是惋惜。

"哦，身体不舒服？"

渔夫终于从只是点头和摆头到开腔说话了。"我的身体挺好，"他说，"我从来没感到这么好！"他站起来，伸展了一下四肢，仿佛要显示一下自己的体魄是多么的强健。"我感到自己好极了！"

游客的表情显得愈加困惑了，他再也按捺不住心中的疑问，这疑问简直要使他的心都炸开了："那么，为什么您不出海呢？"

回答是干脆的："早上我已经出过海了。"

"捕的鱼多吗？"

"不少，所以也就用不着再出海了。我的鱼篓里已经装了四只龙虾，还捕到差不多两打鲭鱼……"渔夫总算彻底打消了睡意，气氛也随之变得融洽了些。他安慰似地拍拍游客的肩膀。在他看来，游客的担忧虽说多余，却是深切的。

"这些鱼，就是明天和后天也够我吃了。"为了使游客的心情轻松些，他又说："抽一支我的烟吧？"

"好，谢谢。"

他们把烟放在嘴里，又响起了第五下“咔嚓”。游客摇着头，坐在船帮上，他放下手中的照相机，好腾出两只手来加强他的语气。

“当然，我并不想多管闲事，”他说，“但是，试想一下，要是您今天第二次、第三次，甚至第四次出海，那您就会捕到3打、4打、5打，甚至10打的鲭鱼。您不妨想想看。”

渔夫点点头。

“要是您，”游客接着说，“要是您不光今天，而且明天、后天，对了；每逢好天都两次、三次、甚至四次出海——您知道那会怎样？”

渔夫摇摇头。

“顶多一年，您就能买到一台发动机，两年内就可以再买一条船，三四年内您或许就能弄到一条小型机动渔船。用这两条船或者这条机动渔船您也就能捕到更多的鱼——有朝一日，您将会有两条机动渔船，您将会……”他兴奋得好一会儿说不出话来。“您将可以建一座小小的冷藏库，或者一座熏鱼厂，过一段时间再建一座海鱼腌制厂。您将驾驶着自己的直升飞机在空中盘旋，寻找更多的鱼群，并用无线电指挥您的机动渔船，到别人不能去的地方捕鱼。您还可以开一间鱼餐馆，用不着经过中间商就把龙虾出口到巴黎——然后……”兴奋又一次哽住了这位游客的喉咙。他摇着头，满心的惋惜把假期的愉快几乎一扫而光。他望着那徐徐而来的海潮和水中欢跳的小鱼。“然后，”他说，但是，激动再一次使他的话噎住了。

渔夫拍着游客的脊背，就像拍着一个卡住了嗓子的孩子。“然后又怎样呢？”他轻声问道。

“然后，”游客定了一下神。“然后，您就可以悠哉游哉地坐在码头上，在阳光下闭目养神，再不就眺望那浩瀚的大海。”

“可是，现在我已经这样做了，”渔夫说，“我本来就悠哉游哉地在码头上闭目养神，只是您的‘咔嚓’声打扰了我。”

显然，这位游客受到了启发，他若有所思地离开了。曾几何时他也认为，他今天工作为的是有朝一日不必再工作。此时，在他的心里，对这个衣着寒伧的渔夫已没有半点的同情，有的只是一点儿嫉妒。

怀　特

帕特里克·怀特

帕特里克·怀特（1912～1990），澳大利亚小说家、剧作家。生于英国。怀特自幼喜爱文学，9岁就能读懂莎士比亚戏剧。1932年，怀特赴英国剑桥皇家学院研读现代语言，毕业后留在英国。第二次世界大战期间，他服役于英国皇家空军情报部门，赴中东工作5年。1948年回澳大利亚定居，先经营农牧场，后专门从事写作，其作品多以澳大利亚为背景，反映了澳大利亚的社会风貌和生活方式。

怀特的第一部小说是《快乐的山谷》、成名作是《人类之树》，这部长篇巨著获“澳大利亚的创世纪”之称，给作家带来国际声誉。此后又发表了《伏斯》、《可靠的曼陀罗》、《活体解剖者》等长篇小说和《烧伤者》、《白鹦鹉集》等短篇小说集，以及剧本《在沙萨帕里拉的季节里》、《快乐的灵魂》、《秃山之夜》等。1973年，怀特发表了他最著名的长篇小说《风暴眼》，同年获诺贝尔文学奖，成为大洋洲第一个获此殊荣的作家。怀特将这笔奖金捐出，设立了“怀特文学奖”。

怀特的作品有明显的神秘主义、象征主义和现代心理分析学说的影响。他善于运用意识流的手法，大跨度地将情节与人物内心活动编织在一起，细致深刻地描绘人物的内心世界，给人一种迷离变幻的感觉。他的小说大多篇幅浩瀚，用字冷僻，善于比喻和景色的描写。有人说他的小说是只有他自己才明白的天书，是文学味太重的散文。尽管对怀特的创作有争议，但评论界一致公认他是当今世界上富于才华并卓有成就的作家之一。

国籍：澳大利亚

获奖时间：1973 年

获奖作品：《暴风眼》

获奖理由："由于他史诗与心理叙述艺术，并将一个崭新的大陆带进文学中。"

叫喊着的土豆

人们都说她削一手好土豆。削掉的皮特别薄。自从他抛弃了她，她不得不一个人带七个孩子过活。我曾经看见她手里拿着一个削好的土豆，也许是欣赏自己的手艺，也许是纳闷是不是应该把芽眼也抠抠干净，或许应当就这样不必再动了，挖掉眼儿就得带走一点“果肉”。

这是好久以前的事情了。从那以后，我们以道德和正义的名义，也干了点儿“挖眼儿”的事儿。当我站在那儿等待绿灯过街的时候，被惩罚的人和复仇者的叫喊声沿着卡斯勒瑞大街飘荡。

又站在自动扶梯上面了。（千万别碰扶手，鬼知道你会抓到什么。）不管是上还是下，叫喊声都在你冲我撞，一会儿变弱，一会儿增强。一会儿在生活的势头面前全然消失——人们以为这就是我们的生活。当然，对于某些人也许确实如此。

我倒挺想相信这样的神话——越老越聪明。从某种意义上讲，我不相信这一套倒是聪明的表现。中年人，如果仁慈厚道，多愁善感，会接受这个“越老越聪明”的神话。要是铁石心肠，便会把我们看作是可有可无的玩意儿，就像一堆破烂家具，或者枯死的花儿。对于年轻人，我们几乎就不存在，除非你是同一个家庭里势必要生活在一起的成员——经常放屁，流口水，总是把假牙和双焦老花眼镜放错地方。有的人如果把死亡看作一种解脱，就会将这种厌恶看作是仙丹妙药，笃信这一切。倘若不能如愿以偿，老而不死，就总想起他们受过的“挖眼儿”之苦。

我们之中有的人为了赎清对我们的同类动物——父母、儿女、爱人、朋友——的轻微的伤害，变成严格的食素者。尽管对大街上相逢的陌路人，目光中仍然藏着刀剑——如果他们不肯承认我们作为行人的权利的话。

祈祷和素食应该帮助我们赎罪，事实上却不能。即使吃素你也得拿刀去切菜。听见爱纠缠小事的莴苣的啜泣，斩断了的防风根菜的沙哑的抗议，开水锅里削了皮的土豆的叫喊。往事的回忆又浮现在眼前。因此，一个利他主义者怎样才能表现他的真诚呢？也许我们可以靠空气而生存直到我们回归到泥土之中？哦，泥土，那是土豆的温床。当它们为新生而准备“有眼无珠”的眼儿的时候，就在这温床轻轻地骚动。

啊，上帝，驱散我们的恶梦吧——在梦中梦见了我们不曾犯过的凶杀罪。也许我们犯过这样的罪行？

辛　格

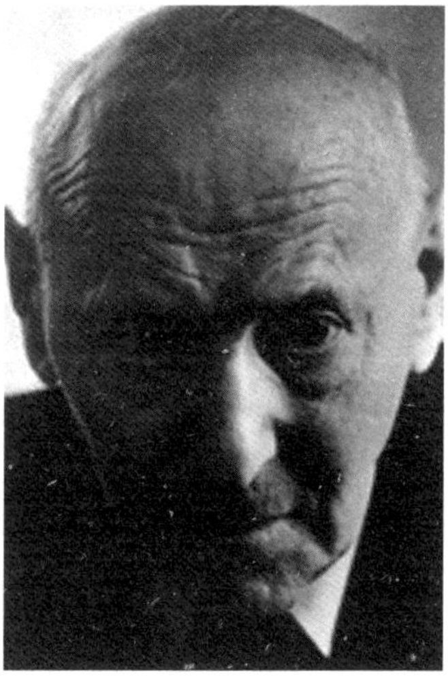
艾萨克·巴什维斯·辛格

艾萨克·巴什维斯·辛格（1904～1991），美国作家。出生于沙俄统治下的波兰，祖父与父亲都是犹太教的长老。他从小接受正统犹太教教育，学习希伯来文和意第绪文，熟悉犹太教的经典和宗教仪式以及犹太民族的风俗习惯等，这一切都铸就了他作品的重要特色。由于受到当作家和记者的哥哥的影响，他违背父命，走进了华沙犹太人文学界。在哥哥的帮助下1935年迁居美国纽约。

辛格15岁开始文学创作。长篇小说《莫斯卡特一家》、《庄园》和《农庄》等主要写在现代文明和排犹主义双重压力下，波兰犹太社会的解体过程，其中《庄园》是这类作品的代表作。另一类小说主要写爱情与宗教问题，主要作品有《撒旦在戈雷》、《卢布林的魔术师》、《奴隶》、《仇敌：一个爱情故事》和《童爱》等，其中最著名的是《卢布林的魔术师》。

辛格的短篇小说创作也很突出，至今已发表10余部短篇小说集，重要的有《傻瓜吉姆佩尔及其他故事》、《市场街的斯宾诺莎》、《羽毛的王冠》、《短篇小说集》、《意象集》、《梅休塞拉赫之死及其他故事》等。此外还有2个剧本、3部回忆录、11部儿童故事集。1978年辛格获诺贝尔文学奖。

辛格被称为当代最会讲故事的作家。在创作上，他尊重传统，又吸收了意第绪文学中的营养，创造出自己的独特风格。他的小说有不少以性爱为题材，但他不耽于色情描写，而重在探索和揭示激情对个人命运的影响。他主张作家创作要起到娱乐读者的作用，让读者得到艺术享受。所以他的故事叙述生动，文笔轻松幽默，作品中丰富的成语和活泼的句法受到评论界的高度赞扬，认为那是任何译文无法传达的。

国籍：美国

获奖时间：1978年

获奖作品：卢布林的魔术师

获奖理由：“他的充满激情的叙事艺术，这种既扎根于波兰人的文化传统，又反映了人类的普遍处境。”

两片树叶的故事

这是一片广阔的森林，生长着各种各样的树。时间已是11月，要在往常该下雪了，可今年却还暖和。夜晚刮风天凉，可早上太阳一出又暖和了，你还以为是夏天呢。不过森林地上已铺满了各色各样的落叶，有的橘黄，有的红艳，有的闪亮，有的五彩缤纷。这些树叶都是在白天或者夜晚被风刮下来的，它们像给森林铺上了一层厚厚的地毯，叶子已经干了，但仍然发出一股清香。太阳光透过树枝照在叶子上，那些顶住秋天风雨而活下来的小虫子在叶子上爬来爬去，落叶下边的空隙正是给蟋蟀、田鼠之类提供了做窝的好地方。一些冬天还仍栖身这儿的小鸟停在光秃的树枝上，其中有麻雀，它们个儿小却很勇敢。它们跳着叫着，在寻找森林中的食物。近来几个星期，许多虫子死了，谁也不必为此而哀伤，上帝创造的活物明白，死亡也是生命的一个阶段。当春天来了，这里又会长满碧绿的小草，开出灿烂的花朵。候鸟又会归来，修复它们遭到风雪破坏的鸟窠。

有棵树的叶子几乎掉光了，但在它的梢头还留有两片。一片叫奥拉，另一片叫特鲁法。它俩长在同一棵树杈的梢头上，因而平时阳光充足。不知什么原因它们还经得住风雨和寒冷，仍旧挂在树枝上。为什么一片树叶要掉另一片树叶还留着呢？谁也不知道。然而奥拉和特鲁法却认为，这正是它俩深厚爱情的缘故。奥拉略大于特鲁法，比她年长几天。而特鲁法却更漂亮、温柔、纤弱。当风吹、雨打、冰雹来临时，一片叶子能帮另一片叶子什么忙呢？就是夏天树叶也会脱落，何况是秋冷冬寒。尽管如此，奥拉还是想尽一切办法来鼓励特鲁法。当那闪电、雷鸣的暴风雨倾盆而下时。风刮走叶子，连树枝也被折断，奥拉对特鲁法恳切地说："坚持住，特鲁法！用全身力气坚持住呀！"

在刮风的寒夜，特鲁法泣诉说："我的日子到了，奥拉，你可得坚持呀！"

奥拉反问说："为什么啊？失去你我的生命还有什么意义？要落掉就咱们一块儿落掉吧。"

"不，奥拉，别这样！一片叶子只要还有一口气，它就不能放弃……"

奥拉又说："那看你能不能和我一块儿留下来。白天我望着你美丽的身子，夜晚我闻到你的芳香，哦，不。我决不愿留下来做最后一片孤独的树叶！"

特鲁法说："奥拉，你的话可真甜蜜，但不是真的，你明明知道我已经不美了，身上的汁液全干了，脸上全是皱纹，我在鸟儿跟前都感到难为情。它们的目光充满了对我的怜悯，又像在嘲笑我变得如此枯萎。我已经失去了一切，只剩下了对你的爱情。"

奥拉说："这就够了！爱情最美最崇高。只要咱们彼此相爱，任何风暴都摧不垮，咱们会一直呆在这儿。让我告诉你特鲁法，我从没像现在这样爱你爱得如此深切。"

"那是为什么，奥拉？我全变黄啦。"

"谁说黄色不美绿色才美呢？所有颜色都一样美。"

正在这时，特鲁法一直担心的事果然发生了，一阵风把奥拉卷落地下。特鲁法也身子颤摇起来，像要掉了下去，可她还是牢牢地抓着树干。她见着奥拉在空中摇晃地往下掉，就用树叶的语言大声呼叫："奥拉，回来！奥拉！奥拉！"

可她的话还没说完，奥拉已经不见了。他跟别的叶子在地上混在一起，分不清了，只留下特鲁法在树上孤零零地挂着。

白天她还能强忍悲哀。但天黑之后，露水下滴。特鲁法就再也无法忍受这极度的痛苦了。她把内心的哀伤全责怪在树的身上，叶子落完了，而树干却依然又高又粗地扎根在地里，即使是风呀、雷呀、冰雹呀都对它奈何不得。对永生不灭的树来说，两片小小叶子的命运又何必大惊小怪呢？特鲁法认为，树干好像是上帝，它用树叶遮体数月，而后又把它们抖落地下，它的汁液扶养了树叶，却又让树叶干渴而死，一切由它高兴。特鲁法多么希望夏天回来，泣求树干把奥拉还她，但树干不听她的哀诉，也许根本听不见……

这个夜晚竟会这么长久、这么寒冷、这么漆黑，特鲁法全没想到。她对奥拉诉说着，可奥拉一无回答，连他是否存在的迹象也一点没有。

特鲁法对树干说，“既然你把奥拉从我这儿夺走，那把我也一起带走吧。”

连这一请求也不被树干理睬。

后来，特鲁法昏迷过去，不是睡眠而是一种奇异的倦意。等她醒来。发现自己已在地上了，原来她在睡着时被风刮了下来。如今她全部的恐慌和忧虑都统统消失了，这次感觉跟以往她在树上迎接日出时可不一样，这是一种从未有过的意识。这使她想到，她不再只是一片仰风的鼻息度日子的叶子了，而成了宇宙万物中的一分子，她不再是渺小、纤弱、短暂的过客，而成了永恒的物体。在神秘力量的帮助下，特鲁法懂得了自己的巨大能量，在自己身上的分子、原子、质子和电子的奇迹。奥拉躺在她的身边，他们重逢时互相有过一股空前的爱恋的感情，这爱是永存的，跟宇宙一般宏大，它再也不必依靠巧合和机遇了。从 4 月到 11 月，他们天天担心的却不是死亡，而是永生。一阵微风吹来，奥拉和特鲁法在幸福中冉冉飘起，这种幸福只有在解脱了自己并同永恒融合在一起的时候，才能感受得到。

马尔克斯

加西亚·马尔克斯（1928～　），哥伦比亚作家。生于马格达莱纳省的阿拉卡塔卡镇的一个医生家庭。8 岁前，一直生活在外祖父家。

加西亚·马尔克斯

在中小学学习期间，他阅读了大量的经典作品。18 岁入大学攻读法律，因政局动荡而中途辍学，进入报界，并开始文学创作。1955 年，他的第一部长篇小说《枯枝败叶》问世，引起拉美文学界重视，颇受好评。1962 年他发表了《恶时辰》，小说获得美国埃索石油公司在波哥大举办的埃索奖。1967 年，他的《百年孤独》轰动了西班牙语文学界并奠定了他在世界文坛上的地位。由于这部小说的成功，他先后荣获哥伦比亚文学奖、法国最佳外国作品奖和拉美最高文学奖——委内瑞拉“罗慕洛·加列戈斯”国际文学奖。1975 年他的反寡头小说《家长的没落》的出版在西班牙语文学界再次引起“地震”。1982 年，获得诺贝尔文学奖。得奖后，他又推出长篇小说《霍乱时期的爱情》和《迷宫里的将军》，短篇小说集《我的上校外祖父的故事》、《异国故事十二篇》以及报告文学《米格尔·利了回国历险记》等。

马尔克斯把反映现实生活作为自己艺术追求的目标，他的作品荒诞神奇，但无不植根于拉丁美洲民族的土壤上。马尔克斯在运用魔幻现实主义创作方法上独具特色，在创作中又采用了阿拉伯神话故事和印第安民间传说的技巧，兼容并蓄，逐渐形成自己的风格。他善于把现实主义的场面、情节和完全出于虚构的幻想情境有机融为一体，通过光怪陆离的魔幻世界的折射，表现活生生的社会现实。

国籍：哥伦比亚

获奖时间：1982 年

获奖作品：《霍乱时期的爱情》

获奖理由：“由于其长篇小说以结构丰富的想象世界，其中糅混着魔幻于现实，反映出一整个大陆的生命矛盾。”

最近的一天

星期一清早，天气暖和，无雨。堂奥雷利奥·埃斯科瓦尔六点钟就敞开了诊所的门。他是一位没有营业执照的牙科医生，每天总起得很早。他从玻璃橱里取出一只还在石膏模子上装着的假牙，又把一束工具放在桌上，像展览似地由大到小摆好。他上着一件无领条花衬衫，颈部扣着一只金扣儿；下穿一条长裤，裤腰扎一根松紧带儿。他腰板儿硬实，身材细瘦。目光轻易不东张西望，像个聋子似的。

把所用的东西准备好后，他把磨床拉向弹簧椅，坐下来磨假牙。他好像没有考虑他在做的事情，但是手脚一直在不停地忙碌着，即使不使用磨床也不停地蹬着踏板。

八点过后，他停了一会儿，从窗口望了望天空，看见两只兀鹰在邻居家的屋顶上沉静地晒太阳。他一面想着午饭前可能又要下雨，一面又继续干他的活计。他的十一岁的儿子的反常的叫声把他从专心致志的神态中惊醒：

“爸爸！”

“干吗？”

“镇长说你能不能给他拔个牙。”

“告诉他，我不在。”

他正在磨一只金牙，把牙拿到眼前，眯着眼睛察看着。他儿子的声音又从小小的接待室里传来。

“他说你在家，他听见你说话了。”

牙科医生继续察看着那颗金牙，直到把活儿做完、把牙放在桌上后才说：

“好多了。”

他又踏动了磨床。接着从一个小纸盒里取出一个安着几颗牙齿的牙桥，开始磨金套。那纸盒里盛着等着他做的活儿。

“爸爸！”

“什么事？”

他的神情依然如故。

“他说你要是不给他拔牙，他就让你吃子弹。”

他不慌不忙、心平气和地停下蹬踏板的脚，把磨床从椅子前推开，把桌子下面的抽屉拉出来，驳壳枪就放在抽屉里。

“哼！”他说，“让他进来对我开枪好了。”

他转了一下椅子，让自己面对房门，一只手按着抽屉沿儿。镇长出现在门口。他已经把左脸刮光，右脸却有五天未刮了，看上去又肿又疼。牙科医生从他那双黯淡无光的眼睛里看出，他准有许多个夜晚疼得不曾合眼了。他用手指尖把抽屉关上，温和地说：

“请坐吧！”

“早晨好！”镇长说。

“早晨好！”牙科医生说。

当用具在沸水里消毒的时候，镇长把脑袋靠在了椅枕垫上，觉得好多了。他闻到一股冰冷的气息。这是一间简陋的诊室：一把旧木椅，一台脚踏磨床和一个装着圆形的瓷把手的玻璃橱。椅子对面的窗上挂着一幅一人高的布窗帘。当听到牙科医生走到他身边来的时候，镇长脚后跟着地，张开了嘴。

堂奥雷利奥·埃斯科瓦尔把他的脸扳向亮处，察看过损坏的臼齿后，用手谨慎地按了按下颌。

“你不能打麻药了。”

“为什么？”

“因为牙床化脓了。”

镇长望了望他的眼睛。

“好吧。”他说，露出一丝苦笑。牙科医生没有说话。他把煮用具的浅口锅端到手术台上，用凉了的镊子把用具夹出来，动作还是不慌不忙。然后用脚尖把痰盂挪过来，又在脸盆里洗了手。做这一切时，他一眼也不看坐在椅上的镇长。但是镇长却紧紧地用眼睛盯着他。

那是一颗下牙床上的智齿。牙科医生叉开双腿，用热乎乎的拔牙钳夹住臼齿。镇长双手抓着椅子的扶手，把全身的力量都集中在脚上，觉得腰部一阵透心凉，但是他没有叹气。牙科医生只是扭动着手腕。他没有怨恨，更确切地说，他是怀着一种酸楚的心情说：

“中尉，你在这儿杀了二十个人了。”

镇长感觉到下牙骨上发出一阵吱咯声，他的双眼顿时涌满了泪水。但是直到知道牙齿拔下来他才舒了一口气。这时，他透过朦胧泪眼看见了拔下来的牙。在痛苦之中，他觉得那颗牙齿是那么古怪，他怎么也不能理解那五个夜晚会使他受到那般折磨。他把身子俯向痰盂，嘴里喘着粗气，身上渗出了汗水，他解开了军衣扣，又伸手到裤兜里摸手帕。牙科医生递给他一块干净布。

“擦擦眼泪吧！”他说。

镇长擦了擦跟。他的痛苦减轻了。牙科医生洗手的时候，他看见了残破的天花板和一个落满灰尘、挂着蜘蛛卵和死昆虫的蜘蛛网。牙科医生一面擦手一面走回来。

“你要记住，”他说，“回去要用盐水漱口。”

镇长站起来，没精打采地行了个军礼，大步向门口走去。军服的扣子也没扣。

“给我记上帐吧。”他说。

“给你还是给镇公所？”

镇长没有看他，关上门，在铁栅栏外面说：

“都一样！”

似水的光线

圣诞节到了，孩子们又提出了买带桨的小船的要求。

“行，”爸爸说，“回到卡塔赫纳后我们就去买。”

九岁的托托和七岁的豪埃尔比父亲想象的还坚决。

“不，”他俩异口同声地说，“我们现在就要，在这儿就要。”

“首先，”母亲说，“除了淋浴用的水，这里没有什么水可用来划船。”

她和丈夫的话都有道理。在西印度卡塔赫纳市他们的家中，有一个院子紧靠海湾的码头，还有一个能容纳两条快艇的避风处。相反，在马德里这儿，他们全家挤在卡斯蒂利亚林阴路47号5层楼上。但是最后，无论他还是他妻子都不能拒绝孩子们的要求，因为他们曾经向孩子们保证：如果他们赢得升入小学三年级的桂冠，就给他们买一条附带六分仪和指南针的小艇。现在他们已经赢得了。这样，父亲便什么也没有对妻子说就把孩子们要的东西全买了。而在偿还买玩具的欠债方面，妻子的态度却不由分说。那是一条非常漂亮的铝制小艇，吃水线处有一条金线。

“小艇在车库里。”吃午饭时爸爸说。“问题是，无论通过电梯还是楼梯，都没办法把它弄上来，车库里也没有空闲地方存放它。”然而，到了下星期六下午，孩子们把他们的同学叫了来，抬着小艇爬楼梯，终于把艇抬进了佣人的房间。

“祝贺你们。”爸爸对孩子们说。“现在你们做什么呢？”

“现在什么也不做。”孩子们说。“我们只想把小艇放在房间里，已经放好了。”

到了星期三晚上，跟往常的每个星期三一样，父母又去看电影了。两个孩子成了这所房子的主人和支配者。他们关上门窗，把客厅里一盏灯的灯泡打碎。一股金色的新鲜的光线像水一样从破灯泡里流下来。他们让光线流到地板上，一直达到四寻深。于是，他们关掉电门，取出小艇，高兴地在房子里的岛屿之间划起来。

这种神奇的冒险是我参加一期以家庭用具为主题的诗歌研究班时的异想天开的产物。托托问我，为什么一按开关电灯就亮呢？对这个问题我没有多加思考。

“光线就跟水一样。”我回答说。“你一拧龙头儿，水就会流出来。”

就这样，他们每个星期三晚上都要划船，学习使用六分仪和指南针。等到父母看完电影回来，发现他们已经像人间的天使一样睡熟了。

过了几个月，孩子们渴望新的娱乐，便要求父母给他们买一套潜水捕鱼用具，并一应俱全：有潜水面具、游泳用的鸭蹼、氧气瓶和汽猎枪。

“你们把带桨小艇放在佣人房间里一点也不用，这不对。”父亲说。

“现在你们又要求买潜水用具，就更不对了。”

“我们要是得到第一学期的金栀子花呢？”豪埃尔说。

“不行。”母亲担心地说。“你们不能再要了。”

父亲责备了她那种不肯让步的态度。

“问题是，这些孩子在完成他们的功课方面并没有什么进步。”她说。“但是，如果由着他们的性子，他们敢把老师的椅子抢过来。”

最后，父母既没有说同意也没有说不同意。但是作为前两年的落后生，托托和豪埃尔在七月份却得到两束金栀子花，并受到校长的公开表彰。当日下午，他们虽没有再次提出要求，但是在卧室里看到了带着原包装的潜水用具。这样，到了下星期三，当父母去看《巴黎最后的探戈》时，他们便使套房里的光线达到了两寻深，随即像温和的鲨鱼一般在家具和床铺底下潜游起来，从光线深处打捞起了多年间遗失在黑暗中的东西。

在最后一次奖励时，兄弟二人被宣布为全校的榜样，为他们颁发了优秀学生证书。这一回他们没有主动要求什么，因为父母抢先问了他们想要什么。他们十分懂事，只希望在家里举办一次活动，款待班上的同学们。

父亲单独和母亲在一起交谈，十分高兴。

“这证明孩子们成熟了。”他说。

“但愿上帝听见你的话。”母亲说。

下星期三，当父母看《阿尔及尔的战斗》时，从卡斯蒂利亚林阴路经过的人发现一道光的瀑布从隐藏在树林里的一幢旧楼上泻下来。光线从阳台上往外流，像洪水一样在正面墙上漫延。然后又像金色的巨流一样顺着宽阔的林阴路流去，照亮了整个城市，一直流到瓜达拉马山脉。

十万火急，消防队员迅速登上五层楼，破门而入，发现房子里的光线达到了屋顶。沙发和包着豹子皮的扶手椅有高有低地漂浮在客厅里的酒吧瓶子、三角钢琴和它那像一只金色的双吻前口蝠鲼一样一半在水中摆动的马尼拉大披巾之间。家庭用具自己的翅膀充满诗意地在厨房的空中飞行。孩子们跳舞时用的军乐队的乐器漂流在从母亲的鱼缸里跑出来的金鱼中间。在明晃晃的宽阔塘里，它们是唯一活着的、幸福地漂浮的东西。在卫生间里。全家人的牙刷、父亲的防护用品、润肤油瓶和母亲备用的假牙都漂浮着。大卧室里的电视机侧面朝下漂动着，仍然在播放半夜禁止儿童看的电影的最后片断。

在走廊尽头，托托坐在小艇船尾摇摇晃晃地漂着，还紧紧地握着双桨；为了寻找港口的灯塔，他把面具戴在能够呼吸氧气瓶里的气体的地方。豪埃尔坐在船头，还在用六分仪寻找北极星的高度。三十七个同学在整个房子里漂浮着。他们已经在往天竺葵花盆里小便、用嘲弄校长的诗句取代的歌词唱校歌、偷偷地喝一杯爸爸瓶里白兰地的时刻永生了。因为那么多灯盏同时打开，整个住宅的光线多得都溢了出来，济贫教徒圣胡利安学校整个小学四年级的学生已经溺死在卡斯蒂利亚林阴路 47 号 5 层楼上。这是在西班牙马德里，一座有着炎热的夏天和刺骨的寒风，却既没有海也没有河的遥远城市，它的陆地土著居民从来都不是航光科学方面的能手。

八月的鬼怪

快到中午的时候，我们到达了阿雷索。我们花了两个来小时才找到文艺复兴时期的城堡。它是委内瑞拉作家米格尔·奥特罗·西尔瓦在托斯卡纳原野上那个田园诗般的河曲处购买的。那是在 8 月初的一个星期天，天气炎热，行人嘈杂，在满是游客的街上，很难找到什么人打听情况。在经过多次徒劳的尝试后，我们已回到汽车上，沿着一条没有路标的意大利柏油小路离开了城市。一个年迈的放鹅妇人正确地指给我们那座城堡在哪里。在告别之前，她问我们是否要在那里过夜，我们像预料到的那样回答她说，我们只是去吃午饭。

“这样好些，”她说，“因为那幢房子里闹鬼。”

我和妻子不相信中午会有鬼怪，便对她的轻信报以嘲笑。但是我的两个儿子，一个九岁，一个七岁，想到能够有机会见到显形的鬼怪却感到很幸运。

米格尔·奥特罗·西尔瓦不仅是优秀作家，而且是慷慨的东道主和美食家，他准备好了永远难忘的午餐正在等我们。由于我们姗姗来迟，我们没来得及参观城堡的内部就入席用餐了。但是从外表看，它的样子并不可怕，只要从我们进午餐的花儿盛开的花坛那儿看到城堡全貌，任何不安都会烟消云散。很难相信，在那座房舍建在高处的、勉强容纳9000人的小山上，会涌现出那么多有着永久的才智的人。然而，米格尔·奥特罗·西尔瓦却以其加勒比人的幽默对我们说，那些人中没有一个是阿雷索最杰出的。

“最伟大的人物，”他断言，“是卢多维科。”

就是这样称呼，没有姓氏：卢多维科，伟大的艺术家与军事家，他建造了那座为他带来不幸的城堡。整个吃午饭的时间米格尔都对我们谈论他。他对我们讲述了他的巨大权力、不幸福的爱情和他的可怕死亡。他对我们讲述了在一个精神失常的时刻他为什么把他的情妇杀死在他们刚刚相爱的床上，后来又唆使他的凶恶的警犬用尖牙利齿把他自己撕碎。他十分严肃地对我们肯定说，从半夜开始，卢多维科的鬼魂就会在黑暗的宅内游荡，要为他遭受的爱情的熬煎寻求平静。

实际上，城堡既高大又阴暗。不过，在大白天，酒足饭饱，心情高兴，米格尔的故事像他讲的那许多事件一样只可能是为使朋友们开心而讲的一个笑话。午饭后我们惊讶地参观了82个房间，它们经历过一代代主人所做的各种各样的改变。米格尔把底层楼进行了彻底的修理，请人装修了一间铺着大理石地板的现代卧室，安装了蒸气浴和物质文化设施，还开辟了我们用午餐的那块鲜花怒放的花坛。二层楼是几百年间最常使用的，那一溜房间却毫无特色，不同时代的家具听天由命地丢在那里。不过在最高的一层，仍保留着一个原封不动的房间，在那里，时间忘记了流逝。

那是一个神奇的时刻。那里摆着一张床，床帷用金线绣成，用金银绦带编织的奇异床罩由于被杀死的情妇的干燥血液而依然硬如纸板。壁炉里的灰烬已经冰冷，最后一块木柴变成了石头，衣柜里的武器装满了火药，沉思的骑士的油彩画像镶在金框里，是由那个时代没能幸运活下来的佛罗伦萨某位大师画的。不过，给我留下印象最深的是新鲜的草莓香味，它居然不可思议地滞留在卧室的空间里。

夏季的白天在托斯卡纳漫长而缓慢。地平线在原地一直停留到晚上九点。我们参观完城堡时已经十点多。但是米格尔坚持要带我们去圣芳济会教堂看皮耶罗·德拉·弗兰切斯卡的壁画，然后我们在广场的葡萄架下喝了杯咖啡，进行了愉快的交谈。我们回来取行李时，发现晚餐已经做好，我们只好留下用晚餐。

我们进晚餐时，在只有一颗星的锦葵色天空下，一些孩子在厨房里点上几个火把，跑到黑暗的楼上去探险。我们在餐桌上听到了他们那种野马般奔跑爬楼梯的声音、门扇的呻吟声和在黑暗的房间里呼唤卢多维科的快乐叫喊声。我们留下来过夜的坏主意就是他们想出来的。米格尔·奥特罗·西尔瓦高兴地支持他们的提议。我们没有正当理由对他们说不同意。

和我的担心恰恰相反，我们睡得很好：我和我妻子睡在底层一个房间里，我的两个儿子睡隔壁房间。他们两个的思想都是现代的，毫无鬼怪的概念。我一边设法入睡一边数着客厅里的钟表打让人失眠的12下，同时想起了那个放鹅女人的可怕警告。不过，我们实在是太累了很快就睡着了，而且睡得很沉，直到天亮。醒来时已经七点多，灿烂的阳光透过窗口的爬藤植物照射进来。在我身边，我妻子正在清白无辜的人们的平静海面上航行。“真蠢，”我对自己说，“如今仍然有人相信鬼怪存在。”直到这时新摘的草莓的香味才使我颤抖了一下。我看到壁炉里的灰烬已经冰凉，最后一块木柴变成了石头，三个世纪以前的愁容骑士的画像从金框上望着我们。原来我们不是睡在前一天夜里睡的底层的房间里，而是睡在卢多维科的卧室里：飞檐和窗帘挂满灰尘，床单浸透了他那可恶的床上的依然热乎乎的鲜血。

三个梦游者的酸楚

终于我们找到了她。她孑身一人地蜷缩在屋旮旯里。给她捎东西（她的衣服散发出新伐的木头味，她那失重的鞋子上泥迹斑斑）之前，有人告诉我们说，她不会适应那种乏味的生活，没有甜味，没有诱惑，唯有那残忍的、囹圄般的孤寂每时每刻地紧压在她的背上。有人告诉我们说——过了很长时间我们才记起这件事——她也曾有过童年。当时我们未必信以为真。可眼下，看到她坐在屋角里把一只手指放在嘴唇上，两眼眨着惊恐的目光，我们或许相信：她有过童年，曾经有过，她曾经有过对大雨降临前的凉爽极为敏感的触觉，她浑身上下总是满载着出人意外的侧影。

所有这些——不仅仅只有这些——那天下午我们意识到她在那畏怯的亚世界之上纯属人类的当儿，便信以为真了。我们的这种发现是突如其来的：她开始发出痛苦的呼喊时，仿佛有块玻璃在里面破碎了；她开始用名字称呼我们大家，眼睛里溢出了泪珠，直到我们在她身旁坐下。我们开始唱歌，开始鼓掌，我们的叫喊声仿佛能使零零碎碎的玻璃片重新弥合。这当儿，我们才相信她曾经有过童年。她的呼喊仿佛是某种泄露；呼喊的四周仿佛布满了令人追忆的树木和深河。起身的当儿，她晃了晃，依然没有用围裙遮脸，依然没有擤鼻子，依然眼泪汪汪地告诉我们：

"我永远不会再笑了。"

我们出门进了院子，我们三人，都一声不吭；或许我们认为大家都拥有共同的想法。或许我们认为在房里不开灯乃为上策。她希望孤零零地——也许——坐在黑旮旯，编着最后的一根辫子，似乎使她免于与牲口为伍的唯一的东西。

外面，院子里，弥漫着深雾般的昆虫，我们坐下来，脑子里想着她。往日我们光是这样，已有无数次了。我们满可以说，我们眼下的所作所为是我们毕生中的日常工作。

可那天晚上则不同寻常：她说她永远不会再笑了，而我们（因为对她了如指掌）深信恶梦已变成了现实。我们围坐成一个三角形，在我们的想象中，她居中间，那样虚无飘缈、弱不禁风，甚至听不见那数不胜数的计算时间节奏的钟声；在这种节奏声中，她渐渐变成了尘埃。"我们当时要是有勇气希望她去死就好了"，我们心照不宣地思忖着。可是我们倒希望她这样：丑陋、冷若冰霜，就像是我们隐秘的缺陷的微薄捐献物。

从前，很久很久以前，我们已是成人。然而，她在这间屋子里年纪最大。同一天晚上，她一直在场，能够同我们坐在一起感受着繁星悸动的韵律，四周围坐着健康的儿子。若是嫁给一个可靠的公民或成为一个守时者的姘妇，她早该是这间房里的德高望重的妇人。但她对那种纯一纬度（宛如一条直线）的生活习以为常了，这也许是由于她的罪过或德行只有轮廓而让人视而不见的缘故吧。很久以前我们就知道这一点。有天清晨起床后，我们发现她趴在院子里，艰难而又欣喜若狂地啃着泥土的当儿，甚至毫无诧异之情。尔后她面带微笑地重新望着我们；她是从二楼窗口摔在院子里的硬土上，身体僵硬、直挺挺地趴在那里，脸贴在潮湿的泥土上。但事后我们得知，她唯一保持得完整无缺的东西乃是她对距离的恐惧、面临时间的自然的战栗。我们抓住她的双肩把她搀扶起来。她并没有我们乍看上去那样坚硬。恰恰相反，她的官能已经松散，跟意志分道扬镳了，宛如一具尚未僵硬、仍有微温的尸体。

我们把她翻个身面向阳光的当儿，她的眼睛是睁开的，满嘴巴的污泥没准已让她品尝到死人骨灰的滋味，仿佛我们已把她推到了镜子跟前。她呆呆地望着我们，毫无女性的表情——眼下我把她抱起来——让我们感觉到了她已经不复存在的分量。有人对我们说她死了；而事后她笑个没完，这种无声的冷笑正是她那天夜里睁着眼睛在屋里转来转去时所挂的那种微笑。她说她莫明其妙地走到院子里。她说她感到很暖和，一直在静听着蟋蟀那穿人肺腑的刺耳声，这种声音简直要——依她说的——冲垮她房子的墙壁；她说她把脸紧贴在水泥地板上全神贯注地追忆着礼拜天的祷告。

可我们知道，她把任何祷告都忘在九霄云外，因为我们事后发现，她对时间概念毫无所知：她说她双手撑着内墙（因为蟋蟀在外面拼命地推着墙）时睡着了；她说有人挪开墙垛抱着她的肩让她面向阳光躺下时，她已呼呼地睡着了。

就在我们坐在院子里的那天晚上，我们知道她不会再笑了。也许她那呆滞的冷峻首先让我们感到痛心，还是那漆黑的、执拗的角落生涯。

它让我们痛心疾首，就像我们发现她坐在眼前这个角落里的那天晚上的心情一般；她竟对我们说她不再在房里闲逛。起初我们并不相信她，一连数月我们发现她每时每刻都在房里进进出出，硬着脖子、垂着双肩地走呀走呀，从不感到疲乏。晚上，我们就会听见她步履艰难地在两层黑暗之间挪动身子的声音，我们就会眼睁睁地躺在床上（已有无数次了）静听着她蹑手蹑足的走路声，竖着耳朵跟她走遍房子里每一角落。一次，她对我们说，她在玻璃镜子里发现蟋蟀下陷、潜入了坚硬的透明体内，还说蟋蟀钻过玻璃而跳到她的跟前。我们简直没法明白她到底要对我们说什么，但我们都发现她那湿淋淋的衣服紧紧地贴在身上，好像刚从水池里出来一样。我们没有挖空心思去说明这种现象，而是决定根治房子里的昆虫：把烦扰她的东西一扫而光。

我们把墙壁打扫干净；我们命令他们砍掉院子里的植物，仿佛我们已扫除了垃圾之夜的安谧。但我们再也没有听见她的脚步声，也没有听到她谈起蟋蟀，直到这一天晚饭后，她目不转睛地望着我们的当儿，坐在水泥地上，依旧望着我们说："我坐下来就要呆在这儿了。"我们为之战栗。因为我们见她神情起了变化，面如死灰。

那是很久很久以前的事，对这种场面我们已习以为常了：她坐在那儿，辫子老是半卷着，仿佛她已融化在孤寂之中；即便是有形可见，但存在的自然本领已不复存在。这便是我们所知道的她为啥不会再笑的原因；因为她告诉我们她不再走路时的口吻曾经也是这样令人信服的坚决。我们仿佛坚信她日后一定会告诉我们："我再也不会看了"，或者也许是"我再也不会听了"，我们知道，她漫游时完全没有丧失理智而是意欲消除自己的生命机能，她本能地四处游逛，一步一步地结束自己的生命，直到有一天我们发现她依在墙边，就好像是她一生中的第一次入睡。这一天也许很遥远，但那天晚上我们仨坐在院子里早已乐于听到她那急促、刺耳、似吱吱的碎玻璃的哭泣声，它至少让我们产生这种幻觉：一个婴儿……一个女婴在夜里呱呱坠地，为了相信她已经重获新生。

马哈福兹

纳吉布·马哈福兹

纳吉布·马哈福兹（1911～2006），出生于埃及开罗杰马里那区的一个公务员家庭。他4岁时就被送到私塾学习《古兰经》，接受宗教启蒙教育。

1930年，纳吉布·马哈福兹进入开罗大学文学院哲学系学习，接触了西方各种民主主义和社会主义思潮，逐步接受了一些社会主义思想和科学观点。

1934年大学毕业后，他一边留校工作，一边为一些哲学杂志撰稿。他先后在宗教基金部、文化指导部等政府部门任职，曾任文学艺术最高理事会理事、电影局局长和文化部顾问。1970年退休后，他进入《金字塔报》编委会，任该报专职作家。

20世纪20～30年代的埃及正处于反帝爱国斗争的革命风暴之中，在家庭与社会的影响下，马哈福兹从一开始创作，便以明确的历史责任感，承担起了一个正直作家的责任。他最初发表的三部历史小说《命运的嘲弄》、《阿杜比斯》、《埃伊拜之战》都是表现爱国主义的。40～50年代是马哈福兹现实主义创作阶段，发表了四部揭露社会黑暗、呼吁社会变革的小说《新开罗》、《赫利市场》、《梅达格胡同》、《始末记》。标志着他小说创作顶峰的开罗三部曲《宫间街》、《思宫街》、《甘露街》被公认为阿拉伯小说史上的里程碑。此后他还发表了《小偷与狗》、《道路》、《乞丐》、《尼罗河上的絮语》、《平民史诗》等作品。

他曾多次声明自己信仰社会主义和科学，提倡以科学反对宗教迷信，强调人要进行自我净化。

1970 年获国家文学表彰奖，1988 年获埃及最高奖赏——尼罗河勋章。1988 年 10 月获诺贝尔文学奖，成为阿拉伯世界第一个获得此奖的人。

2006 年 8 月 30 日，马哈福兹在医院因病逝世，享年 94 岁。

国籍：埃及

获奖时间：1988 年

获奖作品：《开罗三部曲》

获奖理由：“他通过大量刻画入微的作品——洞察一切的现实主义，唤起人们树立雄心——形成了全人类所欣赏的阿拉伯语言艺术。”

俘虏的军装

每当火车进站的时刻接近时，香烟贩贾贺夏是第一个来到札格吉喀城火车站的；在这个他认为是兜售香烟的好地方，他以无比的精神来回于月台上，用两只小眼睛熟练地搜寻着顾客。

至于对他从事这一行业，他当然和大多数人一样，会自叹命苦，而不禁怨天尤人。假若他对工作能有所选择的话，他愿意当一个有钱人的司机；这样他便能够打扮端庄，享受佳肴，并且在工作烦闷时，陪主人在冬夏假期中，随处游乐解闷。还有他之所以愿意选择司机这一行的特殊理由是：有一次，他看到基尔（一位有钱人的司机）在街上不仅对女佣娜巴维亚大献殷勤，并且见到他得意洋洋地向她求婚道："我不久就会带婚戒来。"而她也百般媚态地微笑，并假装是在整平头巾似地把它解下来，以便露出她那一头黑溜溜的头发……看到这一幕，真使他内心不禁热血沸腾，妒火中烧，因为他早就为她那一对乌黑的眼睛着了魔。他也经常在她来回工作的路上，百般地试图和她照面接触。直到有一次，他和她单独在巷中碰到了，他便重复着基尔对她说过的那句话："我不久会带婚戒来。"但是她却掉过头去，皱皱眉头，以轻蔑的口吻道："你还是给自己弄双木屐吧！"他看看自己两只像骆驼足般粗重的脚、汗秽的衣着和满布尘灰的帽子心想：这些是我命运坎坷乖舛的原因吧！

在嫉羡基尔的工作和境遇下，他怀抱希望去努力工作，并忍受艰辛。这天傍晚，他又带着贩卖箱到车站来兜售。望向天边，他看到火车像一团云雾，由远而近，慢慢地显出了它的躯身，并在轰隆轰隆声越来越大下进了站。贾贺夏赶紧趋向乘客拥挤的车厢，却惊讶地看到车门边有武装的士兵，以及许多外国面孔，漫不经心地朝窗外望着。经询问，他们是一群被掳的意大利战犯，正被解送到战俘营去。

贾贺夏困惑地立在那边，检视着这些满布尘灰的脸孔。刹那间，他觉得有点失望了。因为他知道，这些梦想着香烟的可怜虫是没有钱来满足他们的烟瘾的。他对他们只有投以不屑的眼光，在转身回去时，他听到有人用外国腔的阿拉伯语叫道："香烟！"他用惊讶而怀疑的眼光看了看那个人，接着用食指和大拇指互相搓摩着比划一下：钱呢？那个阿兵哥会意地点了点头。贾贺夏小心地走过去，并站在他手够不到香烟的地方。这位阿兵哥静静地脱下了夹克，晃了晃夹克说："我这个当钱吧！"有点吃惊的贾贺夏半带兴趣地检视了镶黄色钮扣的灰色夹克。他的心急促地跳着，但是为了表示自己不是那么单纯愚笨，同时也不想露出自己受到这位意大利仁兄诱惑的心，他不慌不忙地露出一包香烟，并伸手要去拿夹克。阿兵哥皱了皱眉头叫道："一包香烟换一件夹克？换 10 包吧？"贾贺夏吃了一惊地往后倒退，在倒了胃口要离去时，士兵叫住他："来个公平一点的交易吧！9 包或是 8 包吧！"贾贺夏摇了摇头拒绝。士兵又道："那么 7 包啦！"他又同样地摇了摇头，并装作要离开；士兵接着说要 6 包就够了，然后又降到 5 包。贾贺夏挥摇着手表示没有希望，并走回到月台上的椅子上坐下。阿兵哥又对着他叫："过来吧……我拿 4 包就好。"他理也不理，并且点燃了一支烟，悠然自得地抽着，以表示对他的交易没兴趣。被逗得恼火的士兵。显出了没有烟抽会死的样子，便一再地以 3 包、2 包来降低要求。贾贺夏一直留在座位上，试图压抑着既怜悯而又因贪婪所生的煎急之情。当士兵降到两包时，他不由自主地移动了起来。阿兵哥看了便伸长拿衣服的手对他说："给我烟吧！"贾贺夏在没有意识到火车准备起动的声响下，拿了夹克，也给了他两包烟。

他用心满意足的眼光检视了一下夹克，现出了胜利的微笑。他把贩烟的盒子放在椅上，穿了夹克并扣上钮扣。衣服虽然宽松，但他也不在意。他得意忘形地拿了烟盒子，开始在月台上高兴骄傲地穿梭着。同时眼中浮现出身着长袍的娜巴维亚之形象，心中咕噜到：如果现在你看到我，从今天起，你决不会再对我无礼而不屑地掉头离去吧。基尔也不再有什么可以炫耀了吧！

然而，他想到基尔身穿的是全套西服，而不是只有一件夹克。那么要怎样来弄到一条裤子呢？他想了一下，想到伸出火车窗外的那些犯人头脑里大概都有同念吧。心头涌上了贪婪之情，并慢慢走向火车，放胆地叫着："香烟！香烟！一条裤子换一包烟……一条裤子换一包烟。"他如此重复地叫着。为了不使他的意思误解，便指着所穿的夹克，并摇晃着一包香烟。他的举动终于产生了效果。当一个阿兵哥要脱下夹克时，他赶快上前示意他且慢，接着便指着他的裤子，表示那是他所要的。阿兵哥不屑地摇了摇双肩，脱下了裤子，达成了交易。当贾贺夏使劲地用手抓到裤子时，喜出望外地回到原来的坐处。穿起裤子来。

很快他就穿戴完毕，现在他看起来就像是一个十足的意大利士兵了……或许还有什么欠缺的吧？这些士兵实际是不戴头巾的，但是他们脚上都穿有鞋子。如果要和基尔一样的穿扮，那么也要有双鞋子才行。于是他拿起烟盒，快步地朝火车走去并叫道："香烟……一包香烟换一双鞋子……一包香烟换一双鞋子。"就跟刚才一样，他用手势来让人能明了他的意思。但是在他没找到新的交易者时，火车要开动的汽笛鸣了起来。所有的卫兵也跟着忙将起来。

此时黑夜已降，车站笼罩在一片昏黑中。贾贺夏停住了脚步着急着。他的双眼布满痛苦与懊恼。当火车开始动了起来时，在车前的卫兵看到了他，怒气冲冲地先用英语，然后用意大利语向他咆哮："赶快上车，你这个犯人，上车！"贾贺夏一点也不懂他在说什么，卫兵再度向他咆哮道："上车！……我可警告了你！上车！上车！"贾贺夏不屑地瘪起双唇，转过身背对着卫兵离去。卫兵握紧拳头向他恫吓，并用枪瞄准了这个毫不理会的年轻人……向他开枪。震耳欲聋的枪声迸响了起来，接着，便是一声痛苦悲凄的喊叫，香烟盒子从贾贺夏的手上掉下，他的身体僵躺了下去。香烟和火柴散落一地。贾贺夏一副死寂的面孔。

塞　拉

卡米洛·何塞·塞拉

卡米洛·何塞·塞拉（1916～2002），西班牙小说家。出生于西班牙加利西亚省的小镇帕德隆。其父亲是西班牙人，母亲是英国人。塞拉在马德里念完中学后，先后学过医学、哲学和法学。当过军人、斗牛士，也做过官员、画家和电影演员。1957 年当选西班牙学院院士，稍后又担任国会参议员。

1936 年，塞拉以诗集《踩着可疑的阳光走》踏上文坛。成名作是长篇小说《帕斯夸尔·杜阿尔特一家》（1942），这部作品开“战后小说”的先声，奠定了作家在西班牙文学史的地位。塞拉的代表作《蜂房》由于对佛朗哥政府提出了尖锐的批评，因此尚未出版就遭到查禁，它的第一版是在阿根廷首都出版的，该小说被算作西班牙当代第一名著。

塞拉是位多产作家，在他从事文学创作的 50 多年里，出版的作品已达 40 多部，其中重要的还有《静心阁》、《小癞子新传》、《考德威尔太太与儿子的对话》、《金发女人》、《193 年的圣卡米洛节》、《早待第五集》、

《为亡灵弹奏》和《圣安德烈斯的十字架》等。此外还有大量的短篇小说、散文、游记、诗歌和剧本等。

在西班牙文学史上，塞拉是继塞万提斯、加尔多斯之后又一个里程碑，是当今西班牙最负盛名的作家。他在创作上受流浪汉小说影响较大，他的现实主义既是对西班牙古老文学传统的继承又与先辈大不相同，显得极不“规矩”，被称为西班牙的新浪潮派。他的作品暴露了佛朗哥政权给人民带来的苦难，对反动统治发出了抗议。在艺术上，多用譬喻，语言隐晦。

1989 年塞拉获得诺贝尔文学奖。1995 年，又获塞万提斯文学奖。

2002 年 1 月 17 日，塞拉因呼吸系统以及冠状动脉疾病在马德里一家医院逝世，享年 85 岁。

国籍：西班牙

获奖时间：1989

获奖作品：《为亡灵弹奏》

获奖理由：“带有浓郁情感的丰富而精简的描写，对人类弱点达到的令人难以企及的想象力。”

我还没当渔民的时候

我把我的钱财全部交给玛丽奥娜，像流浪汉一样出门了。我走到城市尽头。那个地方，小草开始在马路的卵石缝里冒芽，孩子们活像没人管的牛犊马驹自由地玩耍。

我坐在地上，等待着夜晚到来。那夜色，美妙无比，仿佛微闭双目亲吻，并悄悄地使我们体验梦幻如何在我们这颗年复一年孤独地生长的心中产生。

我低声哼着华尔兹，它使我想起了玛丽奥娜。我仿佛看见她年轻时的情景。那时，全城的人都爱她，今天却把她忘记了。那时她穿着紧身的丝绸衣，身段优美，宛如一头美丽的麂子。

那些早已逝去的岁月是美好的。那时我在攻读哲学专业，暗中从事反对好心的国王的活动，国王却总是面带笑容宽恕我们。与此同时，玛丽奥娜站在像顶层楼座一样又高又宽敞的舞台上，不顾廉耻地向我们展露她的脚踝，勾起人们的种种邪念。

我把我所有的钱都用来买花献给她，每天都要写一封长长的情书寄给她，以便激起她的同情心。她却从没有产生过这种感情，因为她生活在那些精美的奢侈品中间。正是那些奢侈品使她不关心我心灵中的痛苦，不能够高兴地敞开她的窗口。

她从没有给我回信，她的无情在我的心灵上划了一道可怕的伤口，就在不久以前还可以听到风浪大作的大海的吼声。我任凭大海在我的胸中翻腾。

我祈求上帝允许我反抗，上帝却碰了碰我的心说：

“孩子，去乡下吧，去照看你父亲的牲口，管理你母亲继承下来的土地，保护小牛犊正在乱吃的花圃。看到牛犊吃花草，你的小弟弟们大叫大哭。”

“这么说，我的上帝，”我跪着问他。“难道我应该放弃大学的学习，离开我长大成人的城市，忘记我的朋友们和他们那头发浓密、像桃花一般光彩夺目的情人，牺牲我对我非常钟爱的玛丽奥娜的爱情吗？”

上帝没有再回答我——他的声音重新消逝在遥远的云雾中。但是我像白天的光亮一样清楚地明白，一种儆戒性的惩罚将像教训不服从他那慈父般亲切的命令的人那样落在我头上。

我用布蒙住眼睛，向平缓的梅达山的焦急的巫婆们请求帮助和庇护。那座山由一些男女守卫着，那些男女被某种恶习变成了扎人的刺菜蓟，或者被某种罪孽变成了棘手的欧洲黑莓或无声而潮湿的苔藓。

那个晚上，最丑的巫婆来找我，答应把玛丽奥娜的爱情还给我。因为已经没有人再喜欢她，她的牙齿已被岁月毁坏，头发被痛苦染成了灰白色，眼睛因流泪过多而变得黯淡无光，无精打采。

“等她变成一堆失望的废墟，谁也不愿意看她的脸时，”我对巫婆说。“我会接受玛丽奥娜的。为了把如此遥远的幸福送给我，你要求我给你什么？”

“你的记忆，”她说。“我现在就把它保存起来。”

“保存在哪里？”我问她。

“保存在我收藏那些将忘记一切的情人们的记忆的盒子里。”

“我不愿意，”我回答她说。“要求别的东西吧。你要是愿意，可以要求比使我忘记我的安详而缓慢的垂死更痛苦、但不会那么残酷的事情。”

巫婆没有回答就溜走了。我的心情从没有这么孤独，我犹豫不决。心情痛苦，离开了我的朋友们，玛丽奥娜的爱情像浓雾笼罩的原野一样模糊不清。我觉得玛丽奥娜越来越远地背叛我了。

当我下定神圣的决心时，我看到无情的岁月正在把我和玛丽奥娜的鬓角变得银白，把我的玛丽奥娜的牙齿腐蚀，把我和玛丽奥娜的目光熄灭，它们再也不像过去那样明亮、有如夜空的星辰了。

我想起了乡村、牲畜、金黄的庄稼、歌唱的鸟儿、河中逆流而上的欢快的鳟鱼和鲑鱼、吞噬大葡萄园的昆虫，还有磨房。

我对自己说：“你还能够去征服美丽的东西，甚至像玛丽奥娜那么美丽的东西。”我回答自己说：“不，那是徒劳的。我决不能永远生活在城市里，把自己同人们决不愿回想的那种荣耀拴在一起。”

我看到我的饥饿面孔、破帽子、破裤子、又脏又粗糙的西服上衣、像刚分娩的女乞丐的脸色一样褪色发白的旧衬衫领子和像干旱的田地一样黯淡无光的鞋子反射在珠宝商店的玻璃橱窗上。

我流着热泪，再次向上天祈求保护：

“主啊，我伤害了你，我怀疑过你的无边的慈悲，我要求过不可能得到的东西，我不愿放弃、但是我永远也不再追求的东西：我这颗关闭的心渴望的无限幸福。”

我想回到我吹奥卡利那牧笛的童年度过的角落里去，便把我的全部钱财送给玛丽奥娜。她经受的失望比岁月多得多，每天早晨她梳理她那比沮丧少、但是比她失去的幸福多的白发。

一位拉皮条的老妪作为我的同谋和刽子手，把我的东西——我的烟斗、打火机、诗集、两条手帕和最后七枚美丽的闪光的硬币——装在一个盒子里，我把它寄给了玛丽奥娜。

当夜晚带着它的黑暗，这你知道，降临的时候，我坐在地上写下了我的遗嘱。此时此刻，那些孩子已经像星座一样挤在一起睡去，卵石缝里钻出来的小草还默默地相爱，像忠诚的恋人那样热烈地抚爱。

当我还不是渔民的时候，我经历过奇特而令人担心的冒险。

那时我年纪轻，爱虚荣，还不是渔民。

我还不是渔民的时候，女人们都轻蔑地望着我。

问题是，那个时候，事情该怎么发生就怎么发生……

当我还不想当渔民的时候……

雪中威士忌

爱德华·斯宾塞在街上曾与一位朋友相遇。当时天气恶劣，漫天飘着鹅毛大雪。爱德华·斯宾塞和朋友一道走进酒吧去热热身子。

爱德华·斯宾塞 45 岁，他仪表堂堂，衣着考究，而且心境也很好。

爱德华·斯宾塞真是万事如意。爱德华·斯宾塞凭着他的勇气和辛劳，遵照密执安的良好习俗，眼前的日子熠熠生辉。爱德华·斯宾塞深深地爱他的妻子洛雷塔，她几乎还是个小姑娘呢。爱德华·斯宾塞……

不晓得爱德华·斯宾塞的朋友尊姓大名，实际上，倒也无必要、无十二分的必要打听其名字。

爱德华·斯宾塞的朋友或者刚成交一笔生意，或者刚得贵子，或者在赛马场发了财，总之，爱德华·斯宾塞的朋友兴致正浓，很想庆祝一番。

“请光临寒舍，你爱德华，还有你的妻子。我们好好乐一阵子。你决不会后悔赴约的，有威士忌，很多很多威士忌。”

除了苏格兰人、爱尔兰人和加利西亚人，像洛雷塔这样处在21岁年纪的人，还未具有预感的天分，或者说，她的预感能力不如火石那么过硬。或者换种说法，她没有那种阻拦于半途的犹如不可逾越的大墙那么坚硬的预感力。

“洛雷塔，你可高兴?”

“高兴，高兴极了，爱德华。我想，我们将一定过得愉快。你说呢?”

“对，一定。”

要是一位机敏灵活的小说家，他一定已经觉察，爱德华的喉咙底部颤抖了一下。那几乎是察觉不到的。

爱德华·斯宾塞干咳一声，然后吻了吻他的妻子，坐下来取报。

次日，爱德华·斯宾塞早早地回到家中。

“打扮好了吗?洛雷塔。”

“没呢！爱德华，我这就收拾好了。”

洛雷塔不一会就梳理好了。洛雷塔变得俏丽动人极了，洛雷塔青春妙龄，而且长相又俊。洛雷塔有一对迷人的蓝眼睛，一头黑玉般的秀发。

“我收拾好了。咱们走吧。爱德华。”

途中，斯宾塞夫妇议论着这次聚会：

“莫里松夫妇会去吧?”

“我不知道……”

“麦克·阿达姆夫妻俩也会在吧？”

“不知道……”

“埃克托两口子参加吧？”

“我不清楚……”

洛雷塔不耐烦啦：

“唉！你呀，啥都不知道，你这是怎么啦？”

爱德华·斯宾塞振作了一下，笑着答道：

“没什么，洛雷塔，没什么。”

爱德华·斯宾塞感到一个模糊不清的、冷冰冰的影子追随他的灵魂飘来。

庆祝晚会上有威士忌，好多好多威士忌。莫里松夫妇也来了，她是那么和蔼可亲，他是如此风度翩翩。麦克·阿达姆夫妻俩也在，她是那么高稚别致，他是如此气度不俗。埃克托两口子也参加了，她，艳丽动人，他，含情脉脉。还有好多好多人。报纸的社会要闻一栏，当登载这次聚会的消息时，一定会说杰克逊区的所有社会名流都云集一堂。

“对吧？爱德华。”

“对什么？”

“这里汇集了杰克逊的名流，对吧？”

爱德华几乎发出一声大笑，他一贯的稳重此时却功亏一篑。

晚会持续很长时间。由于有威士忌，很多很多威士忌，与会者全忘了看表。

可是，正巧有一位太太，肯定是比别人少喝了几口威士忌，突然惊叫起来：

“多可怕！诸位知道现在几点啦？”

然而实际上谁也没有认真理会她。

“不，太太，我们不知道现在几点钟，您不想再来点威士忌？”

天下没有不散的筵席。即使有很多很多威士忌的庆典，当大家体内再也无法灌进威士忌时，也就开始散了。

受了冻的发动机，肚子里的威士忌，两家无法合作，洛雷塔和爱德华·斯宾塞无法把他们的车子发动起来。

“咱们散步回去吧。夜风会使我们神志更清。车子我们明天来取。”

洛雷塔和爱德华·斯宾塞手挽手地离去。爱德华什么也记不起来了。爱德华倒头睡着了，是的，睡在他的床上。

“洛雷塔，你感到舒服吗？”

洛雷塔不回答。

“洛雷塔，你不舒服吗？”

爱德华朝洛雷塔这边转过身来。洛雷塔这边的床是空的。“她是在洗澡吧……”

洛雷塔她不在浴室。洛雷塔，随同其穿在身上的夜礼服，随同其21岁的年华，随同其黑玉般的秀发和迷人的蓝眼睛，躺在当街那硬邦邦的地面上。她死了，仿佛冰冻在雪中的一瓶威士忌。

欢乐和痛苦之花

正值青春妙龄的智利姑娘爱莱娜，手捧婚礼的花束，脸上绽开甜蜜的微笑，正在迎候前来恭贺的宾客。

对爱莱娜来说，一种崭新的生活——夫妻生活已展现在眼前。她要在这新生活中，竭力使自己成为贤妻良母。

然而，可不！她的这群来客，却是一些没有教养的粗鄙之徒，这时竟用不堪入耳的污言秽语争骂起来，这还不够，他们最后竟拔刀殴斗起来。

在你来我往的乱刀之中，一刀戳了爱莱娜的腰肋，爱莱娜是个纯真的少女，哪里经受得起这一击。于是她犹如被狡猾的猎人打中的小鸟，一命呜呼了。

可怜的爱莱娜，洞房花烛之夜未能入新房，倒被盖着白布送去打官司。

她丈夫年纪轻轻就成了鳏夫，实在始料不及，真是苦泪成河。然而那个由于人们不知其名而得以逃脱的杀人者，却挂着神秘莫测的微笑，到酒店喝酒去了，不知酒精能否冲淡他心头的愧疚。

当年轻的丈夫罗贝托领悟到这场不幸的含义时，立即跪倒在地，呼天号地地喊了起来：

“我的心肝，我温柔甜蜜的爱莱娜！没有你，我活着有何意思，还是让我命归黄泉吧！”

说时迟，那时快！只见他一个转身从窗口跳下了楼。不过，由于只是从二楼往下跳，他只摔断了一条胳膊。

“为了爱情摔断了胳膊！”在文明的法庭上旁听的小姐们纷纷议论着，“多可敬的男人，这样的男人才会创造幸福！就是最挑剔的女人，他也会给她带来幸福！”

由于他骑士般的行动和高尚的行为，罗贝托备受赞扬，他也因此而受到鼓舞，于是便开始在成群围着他打转的姑娘之中物色了一位可以为之带来幸福的人。男人们都一个样，铁石心肠无情郎！

“瞧，伤疤未好倒已忘了痛，罗贝托又开始与姑娘们调情了。”

“是呀，是呀！真不像话！”

“说得对，说得对！”

对象选择好了之后，罗贝托就解下了服丧的黑领带，并宣布，罗莎丽欧·科林德斯要代替他的亡妻。

“恰丽托，我亲爱的，你是爱情的白鸽，你驱散了我悲凉的心中的痛苦的乌云，我爱你！”

“我早就知道，罗贝托，我的罗贝托，我亲爱的罗贝托！”罗莎丽欧·科林德斯认为一切都理所当然。

罗莎丽欧·科林德斯沉思了片刻，然后，瞪着一双水灵灵的大眼睛，喊道：

“这是心灵的表白，我们决不反悔！”

“什么？”

“这是心灵的表白，我们决不反悔。”

“啊，对，心灵的表白，我们决不反悔。”

蔚蓝的天空，胆怯的鸽子咕咕地叫了，这对情人相互握住了对方的手。

罗莎丽欧·科林德斯那挂着白飘带、边沿饰着六只像嘴唇那样鲜红透亮的樱桃的窄边草帽上，突然落上了一样奇怪的东西。

“罗贝托，这是怎么回事？”

罗贝托打开他的瑞士亚麻手帕：

“没什么，恰丽托，是一只鸽子。”

罗贝托和罗莎丽欧择好了吉日良辰，然而他们在宴请宾客的问题上慎之又慎。

“喂，罗贝托，要是我们请客人来，一定要让他们把短刀留在更衣室，对吗？”

思考良久之后，罗贝托答道：

“这事就算了，亲爱的恰丽托，与其治病，不如预防么！”

罗莎丽欧·科林德斯——亲朋好友们都叫她恰丽托，脸上露出了笑容，陶醉在爱情和幸福之中，对罗贝托佩服得五体投地。

“我的罗贝托，你可真有学问！”

罗贝托搂着罗莎丽欧，贴着她的耳朵悄悄地说道：

“亲爱的，我想尽方法。为的就是保护你，让你免遭歹徒的暗算……”

两颗珍珠般的热泪，从罗莎丽欧的面颊滚下，被轻拂的习习凉风吹干了。

“恰丽托！”“罗贝托！”

求你们别开玩笑

就像平常强盗行劫时一样，卡洛·帕里亚克诺蒙着脸，提一挺机关枪，冲进一家饭馆。饭馆里顾客盈门，都是些有钱人，个个喜气洋洋，打扮得珠光宝气。他们决非冒险好斗之徒，而且都未带武器，真是打劫的理想对象。

卡洛·帕里亚克诺手端机枪，踢开了门：

“举起手来！”

卡洛·帕里亚克诺的声音，不像人家当头领的，喊出来既不威风，又没有雷鸣般的音量。他的声音怯生生的，低沉而又细弱。只有很少几桌人才听到。乐队继续演奏着《第三个人》这支讨厌的无法哼唱的狐步曲。侍者穿梭于饭桌之间，忙着收盘送菜开瓶子，脸上堆满了笑。餐厅总管点头哈腰，请每位新到的顾客入座。卡洛·帕里亚克诺感到自己面罩里的脸红了。真是天下奇闻！“他们竟不理会我？”他想，“这群蠢驴，难道不见我拿着机关枪？”于是，卡洛·帕里亚克诺鼓足气力又喊了一声：

“举起手来！”

有几个人终于把视线从维也罗丽的大奶子上移开，扭过头来朝卡洛·帕里亚克诺看。

“多潇洒的强盗！”有人说了一句，“真是个棒小伙子！”

卡洛·帕里亚克诺感到自己情绪异常，真是又气恼又吃惊。

“举起手来！我已经说过了。你们没发现我是来抢劫的吗？还不明白这是打劫么？再不举手，我可要开枪了！真他妈的见鬼！”

从一张桌子旁发出一声大笑：

“多逗人的家伙！喂，劫贼，跟我们一道喝一杯吧。服务员，服务员，给这位先生拿杯香槟来！”

卡洛·帕里亚克诺在地上跺了一脚。

“您听着，别跟我开玩笑啦，把手举起来！”

这先生发出一阵大笑，声音响得连几个街区之外都可以听到。

“得了，年轻人，平静平静吧，不必装出这副样子来！”

“什么这样那样的。我是来打劫的，你们懂吗？我手中有枪，而您不但不怕，不把钱包、首饰放到桌子上，倒反而哈哈大笑，拿我当笑料。您这位先生，不认真对待此事，反而从中取乐？”

乐队奏完了《第三个人》，又开始演奏《谁害怕凶残的狼》这支进行曲。

卡洛·帕里亚克诺感到口渴：

“举起手来，喂，举起手来!”

“不，年轻人。我不举手。我可不喜欢有人抢我的东西。”

笑声，犹如此山压向彼山的暴风雨，从一张桌子推向另一张桌子。几个食客站了起来，把卡洛·帕里亚克诺围了起来，手拉手翩翩起舞，仿佛一群印第安人围着白人跳舞。

卡洛·帕里亚克诺竭力振作精神，说：

“好！咱们走着瞧，你们到底举不举手?”

大家笑得前俯后仰。几位太太声言，这劫贼简直是个宝贝。在他周围跳舞的人越来越多。卡洛·帕里亚克诺发觉自己业已沮丧得情绪越发低落。

“那好吧!”他无可奈何地说道，音调里已带有几分柔情，“把那杯香槟递给我，我渴死了!”

饭馆里的食客们人人心醉神迷，容光焕发。对刚才突发的这出戏，感到心满意足。

“这饭馆的老板，”有人大着胆，装作了解内情的样子说道，“简直就是魔鬼，亏他想的点子!”

卡洛·帕里亚克诺在椅子上坐了下来，一口吞下了那杯香槟。他面前桌子上的花瓶、酒杯、扇子，以及搁在它们旁边的机关枪，构成了一幅有趣的静物图。

警察进来了，给卡洛·帕里亚克诺戴上了手铐。当两名警察押着卡洛·帕里亚克诺走出饭馆的时候，卡洛·帕里亚克诺的眼神中，隐隐约约仍流露出恳求的目光：求求你们，别开玩笑啦。

吞下金子的公鸡

乔万尼·梅诺迪这只瘦骨嶙峋的小公鸡售不出去。

“啊！太太，您走遍整个特雷维约，也找不到这么嫩的鸡。您看这鸡肉，真是又脆又细，一吃到嘴里，就像糖那样化掉！”

太太把鸡提了起来，掂了掂分量，仔细地看了看，便把它放回乔万尼·梅诺迪店铺的柜台上。乔万尼·梅诺迪的瘦鸡卖不出去。

乔万尼·梅诺迪这只骨瘦如柴的公鸡，生前长得就没模样，一身花斑毛，鸣不成调，行无行姿，却自负好斗。要是从墙头展翅欲飞，总是落到地上。

“这没出息的小公鸡长得像谁呀？”鸡栏里的老母鸡常常絮絮叨叨地评说着，“他父亲长得一表人材。而他母亲。谁不记得他那母亲，在全特雷维约，就数她最壮实。蛋也生得最多。可这小冤家，他像谁呀？”

瘦公鸡知道自己与众不同，常常自己安慰自己，它思忖着：

“这还用说！他们不理解我。我有抱负有见解，与他们不一样。在这个鬼鸡窝里，谁要是有个性，就会遭到这群庸俗下作、胸无大志的母鸡们的白眼。我天生与众不同，想多见点世面，难道我有什么错？”

瘦公鸡毕竟正值年少气盛，自以为是与众不同的典范，以此聊以自慰。

特雷维约的这只瘦公鸡，它想出人头地，区别于肥敦敦的公鸡，区别于那些毛色光泽闪亮的公鸡，区别于所有的公鸡，它在做出不懈的努力：吃萤火虫，吃藤忍冬的花，吃石英沙，而且还吃金戒指、金手镯，希望以这些特殊的、不可食用的东西来营养自己。

有一次——特雷维约的许多人可以作证——瘦公鸡吃了一只金戒指和金手镯。那时它正在全神贯注地东寻西找，那模样真像是疯了似的，仿佛成了阿拉斯加的考察家。突然，它发现了那金戒指和金手镯，差一点没让它们给漏滑过去。

“这一下可好了！”特雷维约的瘦公鸡叫道，“我该走运了！我吃了这金首饰，我的鸡冠就会变得熠熠发光，走起路来也会威风凛凛。别的公鸡一定会拜倒在我脚下，母鸡们见我也会肃然起敬！”

只啄了两下，瘦公鸡就将金戒子和金手镯吞进肚里。此时它感觉到嗉囊里沉甸甸的，有点不适。

“嗨！”它喃喃自语，“一会儿消化了就会好的。”

然而，嗉囊里的黄金并没有化去。打那以后，瘦公鸡走起路来摇摇晃晃，像只小破船。

“瞧我干的好事!”

鸡窝的主人有一天见到这瘦公鸡成了跛子，自言自语道：

“这小公鸡真他妈的见鬼了，也不长大也不变肥，真是废物。还是把它卖给鸡铺的梅诺迪先生吧，他好卖给哪位顾客做顿饭吃。”

真是说到做到，他把这只鸡卖给了鸡店老板梅诺迪。梅诺迪把它给宰了——苦命的瘦公鸡！——挂到了鸡店门口，好让哪位女邻居买去，说不定这女邻居的丈夫早一天吩咐过：

“喂，玛丽亚，该给我做鸡块烧米饭啦，你知道这是我最最喜欢吃的。”

这瘦骨嶙峋的公鸡挂在鸡店门口的钩上，比起身上有毛在鸡栏散步时，还要干瘦得多。

“乔万尼先生，这鸡卖多少钱?”一个女人随口问了一声，心不在焉的样子。

“您说这只小公鸡吗？啊，太太，您走遍整个特雷维约也找不到这么嫩的鸡。您看这鸡肉，真是又脆又细，一吃到嘴里，就会像糖那样化掉。”

可是那太太掂了两下又放下了。

“乔万尼先生，您就不必说了。另外给我拿一只，不要那么瘦的。”

过了几天，乔万尼·梅诺迪眼看这只瘦公鸡就要腐烂掉，就对他老婆说道：

“帕奥兰，你看，我把这只谁也不想要的瘦鸡给你拿来啦。把它放进锅里煮一煮。好歹可以熬碗汤喝。”

鸡店老板乔万尼·梅诺迪先生的妻子帕奥兰于是就把这公鸡提到厨房里去熬汤。丈夫也跟着进了厨房。看着她做鸡汤。

“这鸡胗真硬!”

“别夸大其词，还是只小公鸡呢！鸡胗怎么会硬?”

可是帕奥兰说得对，瘦公鸡有一只石头般的胗。

"真怪！见鬼啦！"

"是呀，可真怪……你用刀尖剖开来瞧瞧。"

帕奥兰把刀尖戳了进去，从鸡胗里取出了一只金戒指，一只金手镯。

"乔万尼！乔万尼！这鸡的胗是金的！杀了它真可惜。要是让它活到老，天知道我们会发多大的财！"

然而，泼出去的水收不回。他们只得将鸡下了锅。星期天，帕奥兰戴着金手镯，鸡店老板乔万尼·梅诺迪戴着金戒指，去参加十二点钟的弥撒。

"这手镯漂亮极了！"帕奥兰女友恭维道。

帕奥兰满脸带着猜不透的神气回答道：

"哦！道来话长，这故事简直不能让人相信。以后有空我一定给你们唠叨唠叨。这叫金鸡胗公鸡的故事，可有趣啦，听起来像是编出来的……"

流浪汉胡安尼托

胡安尼托·奥蒂斯·雷博亚多，互济会的会员，有一天喝得醉醺醺的，讲起了发生在巴西的那件事，堂·安塞尔莫听得津津有味。

大陆的老人们——检查员、药剂师、牧师——惊异地张着嘴、瞪着眼望着他。在他们看来，胡安尼托·奥蒂斯·雷博亚多是最了不起的人物。

年迈的海员们……

胡安尼托这样开始了他的故事：

我被逐出巴西时当局说，如果我不搭乘从桑托斯港起锚的第一艘轮船离开的话，就把我投入牢狱。于是我上了又脏又热、像个黑女佣那样喘着粗气的"月光号"，在迈阿密，金色的迈阿密上了岸。

在美国，我谁也不认识（我的科芬氏表兄弟们不可指望，因为那时他们连招呼也不愿意跟我打了）。但是使我感到欣慰的是，倘若"月光号"驶向南非、火地岛或斯匹次卑尔根群岛，那就更糟了。这种欣慰完全取决于个人的愿望。

上岸时我身无分文。现在，当我回忆起使我挣到头一个美元的工作时，我痛苦地想到在“月光号”的食品库里粘在我身上的那股咖啡的香甜味道，想到了那些喝黑啤酒和其他廉价饮料的酒鬼们让我尝一口的大面包块。

可是又有什么办法呢！时间过去了，我在露天里睡觉的一个个夜晚和在围墙里偷香蕉时警察对我的一次次追赶，终于把我的外套和汗衫上散发的那股扑鼻的香味驱散了。

诸位算得出，十年来一个到处奔波的人的外套会改变过多少次颜色！一个到处奔波的人会换过多少次外套！

我是黄昏时分下的船。“月光号”在早晨9点左右就靠了岸。但是当我准备上岸时，海关上一位穿白衣服的先生大概认为我不十分适合同美国的公民接触，便毫不客气地（的确如此）对我说，我不能上岸。

我当然进行了分辩。我对他说，你有什么了不起，我不是中国人，也不是黑人，等等。但是海关的先生换了一副表情，把一支雪茄塞在嘴里，对身边的一名活像拳击手的警察使了个眼色。

那个家伙揪住了我的脖子，就像酒吧的看门人揪住酗酒的年轻人那样，把我揪回到跳板上。鉴于他的用意十分明显，穿的又是带毛驴矗点的衣服，最好还是别惹他。我想，最明智的做法是保持冷静，不吱声，回船上去，并假装比一只母猴还害怕，还羞愧。我必须故作镇静，因为上帝很清楚，我只要小有冒犯，那个野蛮的家伙就会打断我的腰。

我回到“月光号”上后，船员们对我爱理不理。我没有能够付足船费，他们用那种仇恨的目光望我，就像船长怒视流浪汉。那种目光，让人一生都不能忘，它本身就表明了他们的意图。

最使船长恼火的是。不能把混上船的人丢到海里去。海水很脏，像美国的港口那样漂着油污。可以猜想，水底下一定有鲨鱼或巨鳐在可怕地游动……

我们可不敢异想天开！

我郑重地向船长（一个比巴科酒量还大、至少跟堂奥帕斯一样不忠实的爱尔兰人）保证，太阳落山后我再去试试能不能有运气上岸。然后我便在厨房刷锅或烧火，免得开饭的时候厨师把我忘在脑后。

一到傍晚，我就告别厨师（多奇怪啊！他对我并不那么坏），顺着靠岸的船舷慢慢腾腾地走来走去，同时望着码头：阻拦我的那个警察（或许是另一个很像他的警察）仍然站在那里，站得比松树还挺。最后我等得不耐烦了，便把心一横。以圣父、圣子和圣灵的名义念了一声“阿门”（这是实话），纵身跳了下去。

我还记得跳进水里时产生的那种可怖心情，因为我当时想到了巨鳐浮到水面上把水搅得哗哗响的情景。不过，我是个游水的好手，衣服又不碍事，因为我穿的只是那时流行的时装，那种低级闪光绸很轻，用手帕一捆就能叼在嘴里。我很快游到灌了半船水的小船下，恐惧的心情才消失。我没有表，不知花了多少时间才把小船里的水淘干，但是我估计一定不止五六个小时。

淘完水后，我在海边上选了一个合适的地方，向那里划去。我用的是单桨，为的是不弄出太大的声响。划到那里后，我才彻底放了心。

我不知道哥伦布登陆时是不是像我这样感到兴奋。想到美国那么大，美国的警察那么渺小，巴西的警察那么遥远，我一时觉得快活极了，一辈子都不会忘记那个时刻。

我把衣服脱下来晾上，然后坐在一块石头上，就像亚当坐在尘世的乐园里，只不过身上觉得更冷些罢了。

在我对面，“月光号”的货物已经卸了一半，露出了它的红色吃水线……

月亮悬在天空中，警察立在码头上，鲨鱼在海里游动。

拉格尼尔德夫妇

拉格尼尔德和蒂莫特奥住在龙达公园后面的萨佛拉侯爵街上一间顶楼里。蒂莫特奥由被迫进行雕塑，渐渐爱上了这门艺术，最后，对他的作品竟爱不释手了。在这方面，跟在其他方面一样，习惯起着特别大的作用。

但是婚后不久拉格尼尔德就表现出一种活见鬼的坏脾气。她一看见丈夫偷懒就动手打他。有一天，她喝了几杯酒，发现丈夫懒洋洋的，便顺手抄起一只轻便坐浴盆冲他扔去，在他的脑门儿上和腮帮上留下了两个伤疤。坐浴盆被摔碎，蒂莫特奥心疼极了，因为那是一只极好的坐浴盆，一只1929型保健坐浴盆，是他在拉斯特罗买的，价钱很便宜。他用它来浸湿盖泥巴的布，免得泥巴干了。

坐浴盆事件在街坊中间迅速传开，人们开始敬而远之地对待这个瑞典女人。

“真见鬼，这个娘儿们！谁还敢跟她开玩笑啊！”

由于没有卖出一件雕塑品，拉格尔尼德夫妇便招进一些房客并允许他们使用厨房，以便得到些生活补贴。此外，夫妇俩还在房顶平台上用花盆种了些蘑菇——花盆摆放得很整齐。出租房子是丈夫的主意，种蘑菇是妻子的主意。按照妻子的估计，100盆蘑菇每年可以赚4000块钱。丈夫按照妻子的吩咐做花盆，一连做了好几个星期。他做的花盆简直是工艺品，花盆各式各样，每个花盆都有自己的特点和标记。开始他的花盆不怎么周正；但后来做得越来越完美，就像商店里卖的一样。

种蘑菇卖钱的生意虽然想得不错，而且做得很谨慎，但是落空了。因为有一个房客既懒惰又忌妒，在街坊们中间散布谣言，说他们种的蘑菇是毒蘑，想把大家害死。拉格尼尔德找到那个拆他们台的坏家伙，把他推到门外，把他手提箱扣下了。

“如果你不把手提箱还给我，我就去警察局告你！”

“好啊！你要是告我，我碰见你就把你的眼珠子抠出来！”

那房客走了。他可能一个字也没有对警察局提，因为没有人到拉格尼尔德家来找麻烦。

拉格尼尔德把那人的手提箱和箱子里的一些东西卖了。她用卖得的钱给自己买了一双鞋。给丈夫买了一条十分精致的领带。

还剩下六角钱，后来她去喝了一杯三味——香子兰、巧克力和可可——冷饮。

帕　斯

奥克塔维奥·帕斯

奥克塔维奥·帕斯（1914～1998），墨西哥作家、诗人。1914 年 3 月 31 日在墨西哥首都墨西哥市出生，1998 年 4 月 20 日在墨西哥首都墨西哥市逝世。

他卓越的诗歌创作让他于 1981 年得到西班牙语文学的最高荣誉塞万提斯奖，1990 年成为第十位以西班牙语写作的诺贝尔文学奖得主，同时也是第四位美洲西班牙语诺贝尔文学奖得主。

他继承了优美的西班牙和拉丁美洲西班牙语诗歌传统，在 1971 年的诺贝尔文学奖得主巴勃罗·聂鲁达、1956 年诺贝尔文学奖得主希梅内斯、秘鲁诗人巴列霍等伟大的文学遗产基础上发扬光大，《太阳石》被认为是他的得奖代表作品。

他同时也是优秀的散文随笔作家、评论家、小说家、学者、翻译家和职业外交官。

国籍：墨西哥

获奖时间：1990 年

获奖作品：《太阳石》

获奖理由："他的作品充满激情，视野开阔，渗透着感悟的智慧并体现了完美的人道主义。"

蓝眼睛

我醒来后，满身大汗。只见从刚刚洒过水的红砖地上升腾起一股热气，一只灰翅蝴蝶在黄色电灯周围上下盲目地乱飞。我跳下吊床，小心翼翼地向窗前走，免得踩着从洞里爬出来乘凉的蝎子。我走到小窗口，呼吸外面的空气。此刻听得见深沉的、女人般的黑夜的喘息。我回到房间中央，把敞口带耳罐里的水倒在白锻脸盆里，把毛巾浸湿，擦了擦上身和双腿。等身上的水分晾干后，我检查了一下衣服：确信衣服的褶皱里没有藏着虫子，我才把衣服穿上，把鞋子也穿上。然后，我三步并作两步地下了涂着绿漆的楼梯。走到客店门口，遇见了店主。他是个独眼龙，且说话言不尽意，这会儿正坐在一把用灯心草编扎的小椅子上，眯缝着那只好眼吸烟。他用吵哑的声音问我：

"先生，你去哪儿？"

"溜个弯儿，天太热了。"

"咳，都关门了，街上也没灯，你最好还是呆在店里。"

我耸了耸肩膀，低声说了句"这就回来"，便走进了茫茫的黑夜里。起初我什么也看不清，只能摸索着在石铺路上走。我点上一支烟，这时一轮明月突然从一片乌云里钻出来，照亮了一堵白墙。那堵墙的墙皮已经有不少地方剥落。我停下脚步，面对这一片白光，眼睛直发花。一阵风吹来，我呼吸到了罗望子树的气息。到处飞舞着落叶和昆虫，夜晚在颤动。蟋蟀在高高的草丛里露营。我仰望天空：星星也在天上建立了宿营地。我不由得想：宇宙是一个庞大的信号体系，是无数生灵之间的对话。我的行动、蟋蟀的叫声和星星的眨眼，只不过是那种对话的停顿、音节和零散的句子。如果我是个音节，那么我应该属于什么字呢？那个字谁来说呢？对谁说呢？我把烟蒂扔在路边。烟蒂落地前在空中划了一个明亮的孤，同时闪着火星，简直像一颗微小的彗星。

我慢悠悠地走了很久。一路上，有不少人那么愉快地对我讲话，我感到很自由，很自信。黑夜是一座眼睛的花园。穿过一条街时，我觉得有人从一道门里走出来。我回头察看，却什么也没看见。我加快了脚步。不一会儿后，我听见一阵简陋的皮凉鞋在烫脚的石头路上悄悄走动的声音。我不想回头，尽管觉得那人的影子离我愈来愈近。我想拔腿跑。但是提不起腿。我突然站住。不等我自卫，就觉得刀尖顶在了我的背后，同时响起一个轻轻的声音：

"别动，先生，不然我就捅了你。"

我没敢回头，问道：

"你要什么？"

"要你的眼睛，先生。"那个声音回答，语调里几乎带着痛苦。

"要我的眼睛？要我的眼睛做什么用？你看，我有点钱。虽说不多，可总比没有强。你要是放了我，我把钱包给你。请你别杀我。"

"你不用怕，先生，我不会杀死你，我只要你的眼睛。"

我又问：

"那么，你到底为什么要我的眼睛呢？"

"这是我未婚妻的怪癖。她想要一串蓝眼睛，而本地有蓝眼睛的人很少。"

"我的眼睛对你没有用，因为我的眼睛是黄的，不是蓝的。"

"哼，先生，你休想欺骗我。我很清楚，你的眼睛就是蓝的。"

"你千万别把一个基督徒的黄眼睛挖下来。我可以给你别的东西。"

"你别要花招了。"他用柔和的声音说。"你转过身来！"

我转过身去。那个人又矮小又单薄，一顶棕榈草帽扣住了半个脸。他的左胳膊下夹着一把砍柴刀，砍刀像月亮一样闪闪发光。

"你照照你的脸。"他又说。

我划了一根火柴，把火焰凑到脸前。火光照得我眯起眼睛。他用手使劲儿扒我的眼皮，但看不清楚，便翘起脚来仔细看。火柴烧疼了我的手，我就把火柴扔了。那人默默地呆了片刻。

"你该相信了吧？我的眼睛确实不是蓝的。"

"哼，你太狡猾了。"他回答。"喂，你再划一根火柴。"

我又划了一根火柴，把火焰移到眼前。

他扯着我的衣袖命令我说：

“你跪下！”

我跪下了。他揪住我的头发，把我的头往后拉。同时把上身俯向我，又好奇又紧张。手里的砍刀就在我的眼睛上，刀刃都触到了眼皮。我闭上了眼睛：

“把眼睛睁开！”他又命令说。

我睁开了眼睛。小小的火焰烧灼着我的睫毛。

他突然放开了我。

“不错，你的眼睛不是蓝的，对不起，先生。”

他走了。我双手抱头停在了墙上。过了一会儿站直身体，跌跌撞撞地向前走。跌倒又爬起来。我在荒凉的镇上跑了一个钟头。跑到广场，我看见店主还坐在门口。我一声不响地走了进去。第二天，我逃离了那个镇子。

意愿的奇迹

三点整，堂佩德罗来到我们桌前，问候了在座的每一个人，又喃喃说了几句谁也听不明白的话，便默默地坐下了。

他总是要一杯咖啡，点上一支烟，听大家谈话，一口口地品着饮料。然后他向女店主付钱，拿起帽子，拎起公文包，对大家说声“下午好”，就走了。每天都是如此。

每次他坐下和站起时都板着面孔，目露凶光。他到底说的是什么话呢？他说的是：

“你死了才好哪！”

这句话，堂佩德罗每天要重复好几遍：起床时，洗漱时。出门时，回来时——八点、一点、二点半、七点一刻——在咖啡馆，在办公室，饭前饭后，每天晚上睡觉时。他重复这句话时，或者含糊不清，或者粗声粗气，或者独自一人。或者有人在场，有时只用眼睛说，但他总是用他的整个心灵说这句话。

谁也不知道他这句话是针对谁的。人们也不清楚他那种仇恨的根源。当有人刨根问底的时候，堂佩德罗便轻蔑地摇摇头，谦卑地保持沉默。也许那是一种无缘无故的仇恨，纯洁的仇恨。但他总是耿耿于怀，使他的生活变得严肃，使他的岁月变得严厉。他身着黑衣，仿佛在提前为被他判处死刑的人服丧。

一天下午，堂佩德罗又来到咖啡馆，表情比往常更严肃。他不慌不忙地坐下。他的到来，顿时使在座的人鸦雀无声。就在这种气氛中，他简单地甩出了这句话："我把他杀了。"

他把谁杀了？怎么杀的？有几位顾客听他那么说，只是微微地一笑，认为他是在开玩笑。但是堂佩德罗的目光使他们收敛了笑容。我们大家都感到颇不自在。是的，大家仿佛感觉到了死亡的气息。于是大家悄悄地散去。只有堂佩德罗独自留在那里，他的面孔从来也没有这么严肃。他有点垂头丧气，就像陨落的天体。但是他神态平静，毫不内疚。

第二天他没有再来，永远也没有回来。他死了吗？也许他丧失了那种赋予他生命力的仇恨。说不定他还活着，现在又在仇恨另一个人。

我经常检查自己的言行，我奉劝你也这么做。免得激起那些目光短浅的人的怒火。那种怒火是病态的、顽固的。你想过吗，有多少人——也许就在你的周围——正在用堂佩德罗那样的目光盯着你？

遭　遇

我回到家，恰好在开门的当儿，我看见我走出来。我出于好奇，便决定跟踪我。陌生人（我经过考虑才用了这个字眼）下了楼梯，穿过街门上了街。我想追上去，但是他加快了脚步，跟我加快脚步用的步调完全一样，结果我们之间的距离始终如一。走了一阵后，他停在一个小酒吧前，随后走进了酒吧的红门。几秒钟后我也赶到了柜台前，坐在他旁边。我随便要了一杯饮料，一面偷偷地瞟着柜橱里那一排排瓶子、镜子、破地毯、小黄桌和一对悄悄交谈的男女。我突然转过身来久久地注视着他。他面红耳赤，不知所措。我一面望着他，一面想（我确信他听见了我的想法）："不，你没有权利。你来得晚一点，我比你来得早。你没有假装我的借口，因为这不是假装的问题，完全是取代。不过，我还是希望你自己明白……"

他淡淡地一笑，好像不明白，竟然和身边的人交谈起来。我克制着怒火，轻轻地拍了一下他的肩，对他说：

"你别目中无人，你别装蒜。"

"我恳求你原谅，先生，我不认识你。"

我想趁他心慌意乱的时候一下子把他的面具扯下来：

"要像个男子汉，朋友，好汉做事好汉当。我要教你明白不要自讨没趣，干涉别人的事……"

他粗暴地打断我的话说：

"你误会了。我不明白你说的是什么。"

一位顾客插进来说：

"肯定是你搞错了。再说，这也不是待人处事的方式。我认识这位先生，他不可能……"

他听了很满意，便微微一笑，大胆地拍了拍我的肩膀说：

"真有意思。不过，我觉得好像在哪儿见过你。只是我说不清是在哪儿。"

他开始询问我的童年、我的出生情况和关于我生平的其他细节。不，好像我讲的任何事情都不能使他回忆起我是谁。我只得微微一笑。大家都觉得他挺和气。我们喝了几杯。他善意地望着我。

"你是外乡人，先生，你不要否认。我可以保护你。我会让你了解联邦区墨西哥城的！"

他那么平静使我不能容忍。我几乎含着眼泪揪住他的衣领，摇晃他，叫道：

"你真的不认识我吗？不知道我是谁吗？"

他狠狠地推了我一把：

“不要对我讲这些蠢话。不要在这儿捣乱，别寻衅闹事了！”

周围的人都不满意地望着我。我站起来对他们说：

“我向诸位解释一下此事。这位先生欺骗了你们，他是个骗子……”

“你是个白痴，是个疯子。”他叫道。

我向他扑去。不幸的是，我滑倒了。当我扶着柜台想爬起来时，他劈头盖脸地给了我一顿拳头。他一声不响，怒火中烧，死劲地揍我。

酒吧侍者劝解说：

“算了吧，他喝醉了。”

人们把我们拉开。我被架出店外，扔在了街上。

“你要是再回来，我们就去叫警察。”

我的衣服破了，嘴巴肿了，舌头也干了。我吃力地吐了一口痰。浑身疼痛。我一动不动地呆了一会儿，窥伺着机会。我想找块石头，找件武器。但是什么也没找到。店里的人在笑，在唱。那一对男女走出来；女的恬不知耻地看了看我，大笑起来，我感到孤独，感到被赶出了人的世界。我先是怒不可遏，随后便觉得无地自容。不，我还是回家吧，回家等待另一个机会。我开始慢吞吞地往回走。在路上，我心中产生了一个使我至今不能安眠的疑团：“假若不是他。而是我……”

戈迪默

内丁·戈迪默（1923～　），南非英语小说家。出生于南非约翰内斯堡附近的矿业小镇斯普林斯。父亲是立陶宛人，母亲是英国人，均系犹太裔。戈迪默先后在一所修道院学校和威特沃特斯兰德大学读书。她从小个性独立，9岁就开始学习写作，15岁时便在南非的一家刊物上发表短篇小说。10年之后，她的第一部短篇小说集《面对面》（1949年）问世。几年之后，其首部长篇小说《说谎的日子》亦出版。迄今为止，戈迪默已经有10部长篇小说和10部短篇小说集问世，此外她还创作和编写了3部评论文集《黑人解释者》、《基本姿态》和《今日南非创作》（合编）。

内丁·戈迪默

戈迪默生来敏感正直，她的每一部作品几乎都与南非的现实密切相关。它们直接或间接地揭示了种族主义的种种罪恶，生动而深刻地反映了生活在南非的黑人与白人的种种苦恼，以及他们为种族歧视制度所付出的沉重代价。

戈迪默不仅善于描写受压抑的白人心态、社会的畸形和人性的扭曲，也敢于正面描写黑人战士反抗种族隔离制度的正义斗争，歌颂为正义而英勇献身的人们。

她的短篇小说结构精巧严谨，语言简洁凝重，叙述风格丰富多彩，描写角度多变，加之笔触细腻和善于烘托气氛，使她的优秀短篇作品成为当代世界文学中的出色范例。正是由于戈迪默的创作以其高超的技巧深刻地表现了当代人类的生存状况，她才得以凭借 1991 年作品《七月的人民》荣获 1991 年的诺贝尔文学奖。

国籍：南非

获奖时间：1991 年

获奖作品：《七月的人民》

获奖理由：“以强烈而直接的笔触，描写周围复杂的人际与社会关系，其史诗般壮丽的作品，对人类大有裨益。”

终　点

“甚至连猫也要埋掉它的粪便；而我却把我的大便带在身上。”从医院回到家里，她想，几个星期来，这话已大声地说了多少次。她不知道他是不是会决定笑起来——他们是不是会到笑起来的地步。发病前他们唯一一次提到这种机械的存在是在几年以前，当时——在愉悦的周末早晨的床上，他们像往常一样交换着报纸——她在读一篇有关失业和少年娼妓的文章，并向他发表了看法，我的上帝，人们给那个女孩提供的福利是让她在一个工厂干活，那工厂专为那些不得不切除了胃的人们生产塑料袋之类的东西——难怪她要跑到大街上去，可怜的小家伙……她清楚地记得那个早晨，那张报纸。他们的谈话越来越频繁地回到这上面。他们天南海北地聊到工业化造成的悲惨状况；马克思主义者早就认为工业化会带来人的隔离，只有在生产方式属工人所有后才会消失，可是，苏联和中国的工厂不是也像西方的工厂一样悲惨吗？她记得她曾提醒他（他们一道访问过北京），中国工人至少每天必须要做两次十分钟的工间操——可他说，你愿意用这个去换吃茶点和抽一支香烟的休息时间吗？

在知道那个十六岁的未来的娼妓之前，他们两个在星期日早晨的床上大笑，那些在装配线上传送的塑料玩意离他们很远，就像任何工厂工人的生活离他们很远一样。

现在，这个机械就附在她自己身上。它从她身上，从掩盖在衣服下面的小创口冒出来。她已从他们共同的卧室搬出去，他很理解，一句话也没说。她一直在医院里学习怎样摆弄那玩意儿，它不同于自然机能的不可告人，而是令人讨厌的不可告人，因为自然机能是——过去一直是——他们俩都使用的。她孤零零地跟她的活物在一起。

医生说那玩意儿到时候就会被取走的——六个星期。第一个医生预言；不超过三个月，第二个医生告诉她，他们本应合作编造他们的童话。他们说（六个星期或三个月后）她体内的一切都会重新连接起来。一直敞开的伤口会缝合。她会重新变得完整，恢复健康，一切都会恢复正常。她将回到音乐学校去教书。她现在就可以回去——为什么不？——如果她想要回去的话，只要她不使自己疲劳。可是她不想回去，身上带着这玩意儿。她不得不听更多的故事——从令人鼓舞的朋友那里——关于别人对付得是如何好，过的是如何正常的生活。甚至一个英国王室成员也这样说。她要他们别再胡诌这种童话，她说，可是对我来说，这只有6个星期（或者3个月），我用不着去对付。他替她买了两件漂亮的土耳其长衫，是他自己选的，完全适合她，恰恰是她喜欢的颜色和款式——她在高兴中忘了（过后她知道这正是他所希望的），她将穿上这衣服来遮住那玩意儿。当朋友们来看他们时，她有时穿上这件，有时穿上那件，她的这身装束获得了赞美，他们说她一定是在装病，她看上去妙极了。他向他们证实说，她正在好转。

他们交谈，不久以前，有一回，在此之前他们交谈，在他们的生活中，在他们难舍难分的生活中——可那些话是多么的大众化。真的，那时候！一个幼稚的协议，志同道合的情谊，就像那个无穷无尽不必回答的问题一样，你爱我吗，你会永远爱我吗？要是我们中间有一个得了不治之症，我们都不会让对方受苦，好吗？然而，当这种事发生时——好了，这种事绝不会发生。这个愚蠢的、戏剧性的、清晰的抽象概念不会变成事实。谁能说“不治”是什么意思？谁能肯定遭受磨难就是生命的终点，而不是延长生命，以便历经磨难而活下去？有个人二十年前切除了乳房，但至今仍然每个星期去参加赛跑。还有个人失去了前列腺，但在任何一个鸡尾酒会上，都能看见他带着他的第三个妻子，吧嗒着加汽水的杜松子酒。

可是，就在她去医院做探查手术前，她找了个时间和地点以便再证实一下。“要是结果不好，要是变得很不好……任何时候，你答应我要帮助我摆脱病魔。我会为你做这种事的。”他无法说话。她跟他躺在黑暗中；他拼命点头，以致这协议被他的下巴按进了她的肩部。骨头弄痛了她。然后他跟她做爱，在协议中进入她的身躯。

手术之后，她发现那根管子，那个机械从她身上牵出。他们没有再次交谈；只谈愉快的事，只谈病愈的事。那玩意儿——把它导引出来的伤口不像别的伤口，不允许缝上，就像他或她的生活中被隐瞒了的一次艳遇，它们的重量会将他们的外皮撕破，如果承认了的话。每次他们的目光相遇，他们便立刻朝对方微笑。可这毕竟是无法忍受的。于是就得有一个童话。在每一天，每一个他们为下星期、下个月、下一年制定的计划里，每一个谁也不相信的继续过日常生活的假设里，这童话被说了一遍又一遍，连眼皮都不眨一下，没有一句话不是谎言。杂货商来了吗？又有一次抢劫啦，你在椅子里舒服吗？他们说选举在春天开始啦，我们需要新酒杯啦，我应当写信啦，定购咖啡和火柴啦，中东的又一场危机啦。把窗帘拉上，阳光照到你眼睛啦。星期四我必须理发啦。要是现在她抓住他的手，那只是处在不朽的谎言中。因此，肉体对他们来说不再是真实的了。

剩下只有一件事，正是由于它的性质，才不可能成为谎言。只有一个地方爱情可以幸存下去：虽然生命遭到背叛，但那协议并不是跟生命有关的。

那个星期四下午他开车送她去美容店，当他来接她时，他对她说，她看上去真漂亮。她窘迫地表示感谢，就像一个初次受到赞美的姑娘一样。这时她被一种对他的极度信任——除了多少个月来的恐惧和厌恶而外，第一个强烈的情绪——所压倒。那天夜里，一个人呆在她自己的房间里，她数出储备的药片，在用白开水把它们冲下去之前，把她给他的纸条压在用作镇纸的打火机下面。“遵守你的诺言，别把我救活。”

自从她还是一个小孩子的时候起，她就把这理解为一次长眠，就这么回事。自从她看见一只鸟，躺在篱笆下，被一根树枝拨弄，它的眼睛没有睁开的时候起，她就这样理解了。可是，一个人只有当他从睡眠中醒来时才能意识到睡眠，所以一个人永远不会意识到长眠——她对死一点也不害怕，可现在她却对自己正从死亡中醒来，从根本不是也不可能是死亡的状态中回来的感觉感到恐惧。她的跟睑因光线照射而成了粉红色的遮帘。她打开遮帘，目光落在一所医院光滑的墙壁上。手中握着一只手——他的手。

奈保尔

维·苏·奈保尔（1932～　），英国作家，诺贝尔文学奖得主。1932年8月17日出生于加勒比地区特立尼达岛的一个印度婆罗门家庭。奈保尔年幼时，父亲凭自学谋到特立尼达英语《卫报》记者之职，于是举家从乡间小镇搬迁到特立尼达首府西班牙港。

西班牙港的市井生活才是年轻的奈保尔眼中“真实的世界”。但另一个世界也许更为真实，那就是英国文化与文学的世界。在父亲的感染下奈保尔从小立志做作家。1950年他进入牛津大学攻读英国文学，毕业后，迁居伦敦，任职英国国家广播公司。撰写旅游文学“印度三部曲”——《幽暗国度》、《印度：受伤的文明》及《印度：百万叛乱的今天》，《纽约时报》书评誉他为“世界作家、语言大师、眼光独到的小说奇才”他的小说作品有《毕斯瓦思先生之屋》、《大河湾》（列入20世纪百大英美小说之一）。1990年被英国女王封为爵士。2001年获得诺贝尔文学奖。

国籍：英国

获奖时间：2001年

获奖作品：《奈保尔家书》

获奖理由：通过“敏锐而真实”的文学笔调向世人展示受压抑的历史现实。

没有名字的东西

波普自称是个木匠，可他的建造物只有自家后院芒果树下的那个马口铁小工棚。就是这么个小工棚他也没有盖完。他懒得给屋顶上的马口铁皮钉钉子，只在上面压了几块大石头。一到刮大风，屋顶就像散了架似地发出乒乒乓乓的可怕声，随时都有飞走的可能。

不过波普可从不闲着。他总是在锤呀、锯呀、刨呀，忙得不亦乐乎。我喜欢看他工作。我喜欢那些木头——乔木、香树和蟾蜍树的香味，我喜欢那些木屑的颜色；也喜欢那些锯末像粉一样撒在波普卷曲的头发上。

“你在做什么呀，波普先生？”我问。

波普总是说：“啊，孩子！这个问题提得好。我在做一个没有名字的东西。”

我就喜欢波普这一点。我觉得他就像个诗人。

一天我对波普说：“我想做点东西。”

“你想做什么呢？”他说。

我一下子还真想不出到底要什么。

“这不，”波普说，“你也在想一个没有名字的东西啦。”

最后我决定做一个鸡蛋架。

“你做这东西给谁？”波普问。

“妈妈。”

他笑了笑。“你想她会用这东西？”

你别说，我母亲还挺满意那个鸡蛋架，用了差不多一星期。后来她好像把它给忘了，又开始像过去一样往碗里或碟子里放鸡蛋了。

我将此事讲给波普听，他笑道：“孩子，要做东西就要做没有名字的东西。”

我为博加特的裁缝店写了招牌以后，波普也要我为他写一个。

他取下夹在耳朵上的一支红笔头，琢磨着该怎么写。起先，他想称自己是个建筑师，但我劝他放弃了这个主意。他的拼写老不确切。写好后的招牌如下：

建造理由及承包人

木工

家具师

招牌由我执笔，所以我还在右下方签上了自己的名字。

波普喜欢站在招牌前。不过不熟悉他的人前来咨询时，他总不免有点紧张。

“你问那个木匠伙计?”波普总这么说，“他早搬走了。”

我觉得波普要比博加特随和得多。博加特很少同我说话，可波普却特别健谈。他谈的都是关于生死、工作之类的严肃话题。我发觉他真的爱跟我说话。

但在街上，波普却不是招人喜欢的人。倒不是他们觉得他有神经病或是个大傻瓜。哈特常说，“你们听，波普也太傲气了。”

这么说波普不公平。波普有个习惯。每天早上总要拿着一杯朗姆酒站在大街的人行道上。他从不喝杯里的酒。但只要见有熟人，他就用中指沾沾酒，再舔舔手指，然后朝熟人挥挥手。

“我们也买得起朗姆酒呀，”哈特常说，“但我们就不像波普这样炫耀。”

我自己倒从来没这么想过。一天我向波普问起此事。

波普说：“孩子，早晨太阳刚出来，天还有点凉，你一起床就能出去走走，一边晒太阳，一边喝点朗姆酒，你会觉得很舒服。”

波普从不挣钱，都是老婆出去工作。好在他们没有孩子，这样倒也方便。波普说，“女人爱干活就让她们干吧，反正男人也干不好。”

哈特说，“波普娘娘腔，不是个好男人。”

波普的老婆在我学校附近的一个大户人家做厨娘。以前，她下午常等我，然后带我去她的大厨房，还给我好多好吃的。我唯一不喜欢的就是我吃东西时她坐在一旁盯着我的样子，好像我是为她吃似的。她让我叫她阿姨。

经她介绍，我认识了那个大户人家的园丁。他是个棕色皮肤的漂亮男人，他很爱花。我喜欢他照看的花园。花园里的花床总是黑幽幽、湿漉漉的，草坪上的草长得又绿又水灵，又经常修剪。有时我帮他给花床浇水。他常把割下的草放在一个个小袋里，让我拿回家给我妈。草对于老母鸡可是好东西。

有一天，我没见着波普的老婆。她没在等我。

第二天上午，我也没见波普在人行道上用手指沾杯里的朗姆酒。

那天晚上，我还是没看见波普老婆。

我发现波普在他的工棚里伤心。他坐在一块木板上，拿木屑在手指上缠来绕去。

波普说："你阿姨走了，孩子。"

"去哪儿了，波普先生？"

"啊，孩子！这个问题提得好，"他说到这便再没往下说。

后来，波普就发觉自己成了受欢迎的人了。这个消息不胫而走。一天埃多斯说："波普怎么了？像是他没有朗姆酒了吧。"哈特听后跳了起来，差点给了他一巴掌。打那以后，大家经常聚在波普的工棚里。他们谈板球、足球和电影——什么都谈，除了女人——就是想让波普高兴。

波普的工棚里不再有锤子和锯子声。木屑闻起来也不新鲜了，颜色也变黑了，几乎像烂泥一样。波普开始酗酒，他喝醉以后我可不喜欢他。他身上一股朗姆酒味，经常大哭大叫，然后就发火想打人。这使他被那帮人接纳了。

哈特说："我们过去错怪了波普，他是个好汉，和我们一样。"

波普喜欢这些新伙伴。他生性健谈，对街上那帮人也总是挺客气，他一直很奇怪自己会不受欢迎。现在他好像得到了自己想要的东西了。但波普并不高兴。这友谊来得太晚了点。他发觉他并不像他期望的那样喜欢那帮人。哈特竭力想让波普对其他女人感兴趣，但是波普做不到。

波普从不以为我年纪小，有些话不该对我讲。

"孩子，等你到了我这把年纪，"有一次他说，"你会发现你一心喜欢的东西一旦得到后，你就不再会珍惜它们了。"

他讲话就这个风格，像谜一样。

终于有一天，波普离开了我们。

哈特说："他不说我也知道他去哪儿了。他是去找他老婆了。"

爱德华说："你想她会跟他回来吗?"

哈特说："等着瞧吧。"

其实，我们也用不着久等，报上很快就报道了此事。哈特说果不出他所料。波普在阿里马打伤了一个男人，那男人拐走了他老婆。那人就是以前给过我许多袋青草的园丁。

波普倒没出什么事，只是被罚了点款，要不然他们也不会这么轻易放过他。当地的法官警告波普以后最好不要再去骚扰他老婆。

他们编了首关于波普的小调，那年这首歌很流行呢，它是狂欢节的进行曲，安德鲁斯姐妹合唱团为一家美国录音公司演唱了这首歌：

有位木匠小伙计去了阿里马
为寻一个小活宝名叫伊梅尔达。
这可是米格尔街的大事迹。

在学校，我常对人说："那个木匠伙计是我特别好，特别好的朋友。"

在板球场和赛马场，哈特逢人便说："认识他吗？天哪，我和那老兄过去整天在一起喝酒。乖乖，他真有海量。"

波普回来后完全换了个人。我一跟他说话他就对我大吼大叫。哈特和其他人一带着朗姆酒去工棚看他，他就把他们轰了出去。

哈特说："你们看，女人把那家伙整疯了。"

往日那熟悉的声音又从波普的工棚里传了出来。他拼命干活。我真想知道他是否还在做没有名字的东西，但我害怕没敢问他。

他往工棚里拉了一盏电灯，开始在夜间干活。他家门外总停着许多车子，将东西拉进拉出。后来波普又忙着漆房子，将房子漆成大绿色，又将屋顶漆成大红。哈特说："这家伙准疯了。"

又补充道："怕是他又要做新郎官了。"

哈特没有全说错。大约两星期后的一天，波普回来了，还带来了一个女人，是他老婆，我阿姨。

"女人就这个德行，"哈特评论道，"她们喜欢的就是这种东西。不是那个男人，是那幢新漆的房子，和屋里那套全新的家具。我敢跟你打赌，要是阿里马的那个男人也有所新房子和新家具，她就不会跟波普回来。"

不过我不在乎哈特怎么说。我很高兴又能看到波普早晨端着朗姆酒站在外面，用手指沾沾酒同熟人打招呼，真令人高兴。我又能问："你在做什么呀，波普先生？"并得到的还是那熟悉的回答："啊，孩子！，这个问题提得好。我在做一个没有名字的东西。"

波普很快又恢复了过去的生活方式，他仍然把时间都花在做那没有名字的东西。他又停止了工作，他老婆又到我们学校附近的那户人家做了厨娘。

波普的老婆回来以后，街坊几乎生了他的气。他们觉得以前对他的同情受到了嘲弄，都白费了。哈特又说道，"我早就讲过，那个该死的波普就是太傲气。"

但是现在波普不在乎了。

他常对我说："孩子，今晚回家祈祷吧！愿你像我一样快活。"

后来发生的事太突然，我们都不知道会出这种事。哈特也是读了报纸后才知道的。他总爱读报，常常从早上 10 点一直读到晚上 6 点左右。

哈特叫了起来："我看到了什么？"他把那标题拿给我们看：小木匠被捕入狱。

这太不可思议了，原来波普是个作恶多端的梁上君子。所有那些新家具，用哈特的话说都不是波普做的。他偷来别人的东西然后把它们重新组装起来。实际上他偷的东西太多，有时只好把不要的那些卖掉。他就是这么被抓住的。现在我们才明白以前为什么总有许多车子停在波普家门口。他什么都偷，就连他装修房子用的油漆和刷子也是偷来的。

哈特说出了我们大家的心里话。他说："这老兄真笨，为什么他要去卖他偷来的东西呢？告诉我，为什么？”

我们都认为他这么做确实太蠢。可是，我们打心眼里佩服波普，他是个真正的男子汉，也许比我们谁都强。

至于我阿姨……

哈特说：“他被判了多久？一年？就算表现好提前三个月释放，也有九个月。我断定她也只能尽三个月的妇道。过了这段时间，米格尔街就不会再有伊梅尔达这个人了。”

但是伊梅尔达从未离开米格尔街。她不仅继续干着厨娘的活，还开始帮人烫洗衣服。街上没有人同情波普，他做了见不得人的事罪有应得。况且这种事大家都司空见惯了。他们只是可怜伊梅尔达一个人还要坐守空房。

波普回来后成了英雄，他成了那帮小子中的一员。他混得比哈特和博加特都强。

但对我来说，他变了。这种变化使我伤心。

因为他开始干活了。

他开始为别人做莫利斯式椅子、桌子和衣橱。

有一次我问他：“波普先生，你什么时候再做没有名字的东西呀？”他竟臭骂了我一通。

“你真讨厌，”他说，“快滚开，否则我非揍你不可。”

曼　曼

米格尔街上的所有人都说曼曼是个疯子，所以大家都离他远远的。曼曼疯没疯，我说不准，我能想出许多人他们比曼曼可是疯多了。

反正他看上去并不疯。中等身材，体形瘦弱，相貌倒也不坏。他从不像疯子那样盯着你看。和他说话，你准会得到非常合情合理的回答。

不过他也确实有些怪癖。

每逢选举，不论是市镇议会选举还是立法机构选举，他都要参加，而且总要在选区中到处插上标语牌。牌子漆得很考究，上面总是那句话“投票”，下方则贴着曼曼的照片。

每次选举，他得到的选票总是正好三张。这一点我觉得很蹊跷。就算曼曼投了自己一票，那其它两张选票又是谁投的呢?

我问哈特。

哈特说：“伙计，连我也说不清。这确实是个谜，也许是两个爱开玩笑的人。不过这爱开玩笑的人不断地做同一件事也真是有意思。想必他们也像曼曼一样疯。”

那两个给曼曼投票的疯子到底是谁，很长时间一直困扰着我。每次我看到人有做事稍有古怪，我就会想：“是不是他给曼曼投的票?”

小城就这么大，竟有这么两个神秘的人。

曼曼从不干活，可他也从不闲着。他对字、特别是写字格外着迷。为了写好一个字，他会花上一整天的功夫。

一天我在米格尔街的拐角处碰到了曼曼。

“孩子，你去哪儿?”曼曼问。

“我去上学。”我说。

曼曼板着脸看着我，用嘲讽的口吻说道：“这么说你上学了?”

我不假思索地说：“我当然上学了”。我发现自己说话时竟在不知不觉地模仿曼曼那非常地道、纯正的英国口音。

这是曼曼身上的又一个不解之谜。如果你闭上眼睛听他说话，你会以为对方是个英国人，一个上流社会的英国绅士，尽管这位绅士说话时不那么注意语法。

曼曼好像自言自语地说道：“这么说，这个小家伙是去上学啰。”

说完他便不再理我，从口袋里掏出一支长粉笔，开始在人行道上写起来。他画了一个很大的“S”轮廓，然后将它填满。接着又画了一个C、H和O。后来又画了好几个O，一个比一个小。他越写越草，写了一大串O。

中午我回家吃饭时，他已经到了法国大街，还在地上写O，一面写一面用块破布擦掉错字。

到了下午，他已围着街道转了一圈，几乎又回到了米格尔街。

我回到家，换去校服，穿上平时的便装，又来到街上。

他现在已经到了米格尔大街的中段。

他说："这么说，小家伙今天已上过学了？"

我说："是的。"

他站起来直了直腰。

接着他又蹲在地上画了一个巨大的"L"轮廓，然后在里面慢慢地填了起来，样子十分专注。

填完之后，他站了起来，说："你的活干完了，我的活也干完了。"

事情就是这样。如果你对他说你要去打板球了，他就会先写好"木"，然后全神贯注于"反"，不到再见着你，他就不会把"木"和"反"合起来。

一天，曼曼来到米格尔街头的那个大咖啡馆，朝坐在凳子上的顾客又吼又叫，好像他是狗一样。那位店老板是个葡萄牙人，个头很高，手背上长满浓密的汗毛。他说："曼曼，趁早滚到店外去，免得我跟你过不去。"

曼曼听后只是一笑。

结果他们把曼曼扔了出去。

第二天，那位店老板发现有人在夜里潜入他的咖啡馆，打开了所有的门。不过东西没丢。

哈特说："你千万不要得罪曼曼，他记性可好了。"

那天夜里，又有人潜入咖啡馆打开了所有的门。

第三天夜晚，咖啡馆再次被人潜入。这次在每张凳子的中央和所有桌子的台面上都留下了一小团、一小团的大粪，另外在柜台上面也规则地摆上了一排大粪。

一连好几个星期，咖啡馆老板成了街上的笑柄。过了很长时间，人们才开始重新光临那家咖啡馆。

哈特说："怎么样，我说得没错吧。我不喜欢和那家伙多啰嗦。这种人心眼坏着呢。他们生来就如此。"

正是诸如此类的事才使得大家疏远了曼曼。他唯一的伙伴就是那条白耳朵上带着黑斑的杂种小狗。这条狗某些地方有点像曼曼，很怪，从不乱叫，也从不盯着你看，你看它时，它总是往别处瞧。它也从不与其它狗来往，若有哪条狗对它表示亲热或威胁，它便会蔑视地瞟上一眼，然后慢慢走开，头也不回。

曼曼爱自己的狗，狗也爱曼曼。他俩谁也缺不了谁，若是没了那狗，曼曼就无以为生了。

曼曼好像连那条狗的大小便时间都能控制。

哈特说："这真难住我了。我搞不明白是怎么回事。"

事情其实都开始于米格尔大街。

一天上午，有几个女人起床后，发现她们头天夜里泡着的衣服上沾满了狗粪。没人愿用沾上狗粪的被单和衬衫。所以曼曼来时，大家都愿意把这些脏衣服送给他。

曼曼经常拿着这些衣服去卖。

哈特说："是不是这种事才使我怀疑那家伙是不是真的疯了?"

曼曼的这套把戏在街上扩散开来。那些深受曼曼狗害的人都巴不得别人也碰上同样的事。

米格尔大街上的人们简直为曼曼感到骄傲了。

我不知道是什么使曼曼改邪归正的。也许与他的狗死了有关。那只狗是被汽车轧死的。哈特说，"当时它只尖叫了一声便一命呜呼了。"

曼曼一连数日东游西逛，看上去神志恍惚，若有所失。

他不再在地上写字了，也不再和我或和街上其他任何男孩说话了。他开始自言自语，经常交叉着双手不住打颤，像是得了疟疾似的。

一天，他说他洗完澡以后看见了上帝。

曼曼这么说我们并不觉得惊讶。在西班牙港和特立尼达看见上帝是常有的事。第一个人就是从福恩特·格鲁夫来的神秘的按摩师甘尼·庞迪特。他看到过上帝，还出版了一本小册子，名叫《上帝对我说的话》。许多神秘的人和不少按摩师都竞相宣称他们看到了类似的事情。我想，既然上帝在此，曼曼看见他也就不足为怪了。

曼曼在米格尔街拐角处玛丽商店的遮篷下开始了布道。他每星期六晚上都这么做。他蓄起了胡子，穿一件白色的大长袍，手里拿着本《圣经》及其他圣物，站在一盏乙炔灯的灯光下布道。曼曼是个布道高手，布道的方法很奇特。他的布道不仅使女人听了流泪，还能让哈特那样的人听后坐立不安。

他是用左手敲打着右手握着的那本《圣经》，用纯正的英国口音说道："这几天我一直在与上帝交谈，他和我谈起你们这些人时可颇有微词呀。这些日子你们都听见了，所有的政客都在谈论如何使本岛自给自足的问题。你们知道昨晚上帝说了什么？就在昨天晚上，就在我刚吃完饭时，上帝对我说，'曼曼，过来看看这些人吧！'他让我看了丈夫吃妻子，妻子吃丈夫；还让我看了父亲吃儿子，母亲吃女儿；还有兄弟吃姐妹，姐妹吃兄弟。这就是那些政客口口声声说的什么让本岛自给自足。兄弟们，快听上帝的话吧，现在还来得及。"

每星期六晚我听完曼曼的布道就要做恶梦。奇怪的是，他越是吓唬大家，大家越是愿听他布道。每次募捐，大家给他的钱也越来越多。

平时他总是穿着那条白袍子走东串西到处讨饭。他说这么做是奉了耶稣之命，他已将自己所有的东西施舍给别人。看着他那把长长的黑胡子和那双明亮深邃的眼睛，你又怎么能拒绝他呢？他不再把我放在眼里，也再没问过我："这么说你是去上学啰？"

米格尔街上的人也不知道他怎么变成了这个样子。他们只好安慰自己说曼曼确实疯了，不过也像我一样，他们也吃不准曼曼是否真的疯了。

以后发生的事情并非完全出乎人们预料。

曼曼宣称他是新救世主。

有一天哈特说："你们听说了吗？"

我们问："什么？"

"关于曼曼的事，他说他打算这两天就上十字架。"

"现在没有人敢碰他，"爱德华说，"谁都怕他。"

哈特解释说："不是的，不是那回事，他是要把自己送上十字架。没准儿哪个星期五他就要去蓝池子，把自己绑上十字架，然后让人们用石头砸他。”

有人，我想是埃罗尔，笑了起来，但发觉没有人跟着他笑，便又沉默了。

除了对曼曼感到疑惑和忧虑外，我们还为他感到骄傲，毕竟他是我们米格尔街出来的人。

在商店、咖啡馆和一些人家的大门上出现了一些手写通知，宣布了曼曼要上十字架的消息。

“到时候蓝池子肯定会有很多人，”哈特不无得意地说，“我听说他们还要派警察去呢。”

那天一大早，商店还未开门，阿里阿皮塔大街上的无轨电车还未投入营运，米格尔街的拐角上已聚集了一大群人。许多男人穿着黑衣，着白衣的女人更多。他们在唱圣歌。另外还有二十来名警察，不过，他们没唱圣歌。

曼曼来了，他看上去很消瘦，却显得神圣。女人们一见他便哭叫着冲上去，争着摸他的衣服。警察们站在一旁以防不测。

一辆装着一个巨大木制十字架的大篷车开了过来。

哈特身穿一套哔叽西服，看上去很不高兴。他说：“他们告诉我，十字架是用做火柴的木料做的，不重，轻得很。”

爱德华厉声说道；“怎么这么说？这可是灵魂大事。”

哈特说：“不是什么都没说嘛！”

有人要把十字架从车上拿下来给曼曼，但被他制止了。那天清晨他的英国口音给我们印象极深：“不是在这，留到蓝池子！”

哈特听了很失望。

我们步行去了蓝池子，那是西班牙港西北面群山中的一个瀑布，我们走了两个小时才到那里。曼曼从路边背起十字架，走过一条岩石嶙峋的山路，然后下到池边。

有几个男人竖起十字架，将曼曼绑了上去。

曼曼说：“用石头砸我吧，兄弟们！”

女人们哭着将一些沙子和碎石朝他脚边扔去。

曼曼呻吟着说："上帝，宽恕他们吧！他们不知道自己在做什么。"接着他大声叫道："砸我呀，兄弟们！"

一块鸡蛋大的卵石击中了他的胸口。

曼曼叫着："砸呀，砸呀，用石头砸我呀，兄弟们！我会饶恕你们的。"

爱德华说："这家伙真勇敢。"

人们真的朝曼曼的脸上和胸口扔起了大石头。

曼曼似乎很伤心，也很惊讶。他大声喝道："这究竟是怎么了？你们知道你们在做什么吗？听着，快把我从这东西上放下来，快点让我下来。我要找那个朝我扔石头的狗杂种算账。"

一阵愤怒的吼声从爱德华、哈特和我们其他人站着的地方传了出来。

一块更大的石头打中了曼曼。女人们也真的朝他扔起了沙子和石块。

我们清楚地听见曼曼在大声叫唤："别做蠢事了，别做了，你们听见没有。你们听着，这个狗屁玩笑该结束了。"接着，他破口大骂，骂得大家都震住了。

警察带走了曼曼。

当局把他监禁了起来，而且永远监禁了起来。